서사시 **동해**

시작시인선 0393 서사시 동해

1판 1쇄 펴낸날 2021년 10월 4일
지은이 공광규
펴낸이 이재무
책임편집 박은정
편집디자인 민성돈, 장덕진
펴낸곳 (주)천년의시작
등록번호 제301-2012-033호
등록일자 2006년 1월 10일
주소 (03132) 서울시 종로구 삼일대로32길 36 운현신화타워 502호
전화 02-723-8668
팩스 02-723-8630
홈페이지 www.poempoem.com
이메일 poemsijak@hanmail.net

ⓒ공광규, 2021, printed in Seoul, Korea

ISBN 978-89-6021-585-6 04810
     978-89-6021-069-1 04810(세트)

값 17,000원

＊이 도서는 한국출판문화산업진흥원의 '2021년 우수출판콘텐츠 제작 지원'사업 선정작
 입니다.

서사시 **동해**

공광규

천년의 시작

<헌 정>

이 시집을
울도군 초대 군수 배계주 선생과
울릉도와 독도를 지키기 위해 고군분투한 모든 분,
그리고 울릉군민 여러분께 헌정합니다.

시인의 말

　이 서사시는 매천 황현의 『매천야록』 다음 구절 때문에 시작했다. "8월에 왜놈들이 울릉도를 점거하자 도감 배계주가 왜국으로 가서 담판을 지었다". 울도군 초대 군수 배계주(1850-1918) 선생은 기울어 가는 대한제국의 군수였다. 울릉도와 독도(당시의 '석도')를 지키기 위해 고군분투한 분이다. 배계주 선생에 대한 실증적 자료가 많지 않아 여백을 상상력으로 복원하였다. 한 인물을 중심으로 형상한 이 시집이 동해를, 울릉도와 독도를, 당시 국제 정세 속에서 대한제국의 처지와 역사를 이해하고 현재를 각성하는 데 조금이라도 도움이 되었으면 한다.

　나는 2018년 5월 17−19일 강릉항에서 배를 타고 동해 울릉도와 독도를 돌아보았다. 그리고 2020년 9월 28일 배계주 선생의 고향인 서해 소야도에 다녀왔다. 두 곳을 다니면서 많은 메모를 남겼다. 메모의 힘으로 이 시집을 엮는다. 이 서사시를 구상하고 쓰면서 주로 『울릉군지』와 이상태, 권오엽, 유미림 박사님의 저서와 연구 자료와 번역서로 뼈대를 세우고, 배계주 선생의 외증손녀 이유미 선생의 구술로 살을 붙였다.

　더하여 강호 제현들의 책자나 신문 기사, 여행자들의 인터넷 자료 등 이곳저곳에 남긴 울릉도와 독도에 관한 짧거나 긴 문장들을 보면서 많은 영감과 도움을 얻었다. 앞선 분들의 저서와 연구서와 여행 기록과 구술과 기록이 없었다면 이 시를 쓰지 못했을 것이다. 그런 면에서 이 서사시는 모든 분들의 공동 작업이다. 울릉도와 독도 자료를 찾아 읽고 상상하면서, 동북아 정세를 들여다보면서, 망국으로 인해 다른 민족에게 차별받고 수모당하고 가난한 삶을 꾸려 가는 민중들의 삶에 울었다.

왕실을 정점으로 한 기득권층, 즉 정치권력과 관료와 지식인이 부패하여 백성이 재산을 강탈당하면 백성은 국가를 불신하고 위정자를 외면한다. 불안이 폭발하여 민란을 일으키고, 민란을 진압하려고 왕실과 기득권자들이 외세를 끌어들이면서 망국의 수렁에 빠지게 된다. 이런 역사적 경험과 보편적 진실로부터 배워서 다시는 망국의 비극을 맞지 않길 바라는 게 이 서사시 집필 의도다.

국경을 마주한 이웃 나라와는 경쟁과 대립과 타협을 통해 공존하는 관계다. 때문에 이웃 나라를 잘 알아 서로 독립적이고 자주적이고 열린 관계를 유지해 나가는 것이 중요하다. 이웃과 원수로 살면 서로가 손해다. 영원한 승자도 영원한 패자도 없다. 특히 독도를 두고 양국 국민 감정이 나빠져 한일 관계가 원수로 치닫지 않기를 바란다. 그 끝은 전쟁이고, 그 피해는 전승국이든 패전국이든 민중에게 돌아온다.

우리가 역사에서 경험했듯, 패전하거나 식민 지배하에 놓이게 되면 대부분 지식인이나 기존 관리 등 기득권층은 포섭 대상이어서 처세를 잘만 하면 망국과 상관없이 편히 먹고살 수 있다. 그러나 생산에 투입되는 민중은 지옥 같은 착취와 차별의 대상일 뿐이다. 대한제국 망국기에 울릉도와 독도라는 장소를 통해 여실히 그 실상을 들여다볼 수 있었다.

이 시집에서는 조선과 대한제국을 혼용하여 쓰고, 왜와 일본을 혼용하여 썼다. 조선과 대한제국이 사용하던 우산국, 무릉도와 우릉도와 울도와 울릉도, 우산도와 삼봉도와 자산도, 돌섬과 독섬과 석도와 독도, 일본이 사용하던 죽도와 송도 등에 대한 지명이 혼란스러우나 시집을 통해 맥락을 따라가면 이해할 수 있을 것이다. 그리고 현재 한국과 일본 사이에 논란이 되고 있는, "망국이 남긴 역사의 잔재"인 독도 문제를 이 한 권으로 정리하려고 노력했다. 축적된 역사적 자료나 지리적 위치, 현재 실효적 지배 사실. 그리고 국제법상 독도는 일고의 논란 가치가 없는 대한민국 영토다.

그런데 일본은 초중생 교과서 중심으로 영유권 왜곡 교육 의무화를 실행하고 있다. 일본 고유 영토인 독도를 대한민국이 불법점거하고 있다고 가르치고 있다. 한국의 국력이 쇠퇴하여 옛날처럼 섬을 비워 두고 무관심하고 기록과 연구를 소홀히 해서 자료를 축적해 놓지 않는다면, 교육을 소홀히 한다면, 머지않아 국가의 재앙을 맞이할 수도 있다는 생각이다. 영토는 과거가 아니라 현재의 국경이고 실효 지배가 중요하다는 생각이다. 이 시집이 오래 살아남아 한국과 일본의 역사 기록 한 겹으로 남길 바란다.

혹시 글을 빌려다 쓰고 인용 표시를 안 한 곳이 있으면 다음 쇄에 수정할 것을 약속드린다. 이 시집을 쓰는 동안 저서와 편지로 정성껏 자문해 주신 세종시에 사시는 권오엽 박사님, 독도 옛 지도 선집을 건네주시고 자문해 주신 이훈석 일본고지도자료집 간행위원장님, 감수를 해 주신 민족문제연구소 조세열 박사님, 울릉도독도해양연구기지 김윤배 박사님, 남해수산연구소 서영상 박사님, 소야리 김태홍 이장님, 표4 글을 써 주신 대구의 이동순 선생님, 고양의 이인평 시인, 초도가 고향인 여수의 김진수 시인, 경기대학교 권성훈 문학평론가에게 감사드린다.

2021년 8월 15일 광화문에서

차 례

시인의 말

해 설

제1부 소야도

1850년 2월 24일

조선 25대 왕 철종 2년
산기슭 푸른 대숲과
건장한 해송과 적송과 반송이 검푸른 겨울

서해 작은 섬 소야도 큰말
수평선에서 솟아오른 해가
아름드리 느티나무 가지 사이로 솟아올랐다

이날 배씨 집안에 사내아이가 태어났다
아버지 이름은 현구
어머니는 강릉 김씨

아이 이름을 계주라고 지었다
이곳 사람들은
아이가 태어난 초가삼간을 한청이라 불렀다

한청은 한성 관청 관리가 낙향해서 사는 집
마을 회의를 하고
아이들을 모아 가르치는 곳

마을 사람들은
어린 계주를 이렇게 불렀다
"한청댁 도련님!"

아버지 배현구

돈녕부* 소속 관원이었던 현구는
소야도에 들어오기 전
돈녕부와 가까운 한성 중부 정선방에 살았다

임금의 친척과 외척을 예우하기 위해 설치한
돈녕부는
왕실에서 흘러나오는 정보가 많은 곳

당연히 주변에 사람이 많이 꾀었고
그러다 보니 역모에 엮이는 경우가 많아
두려운 일상을 사는 관리였다

결국 현구는 세상을 버리기로 하고
형제들 일가를 모아
서해의 먼 섬 소야도에 몸을 숨겼다

* 돈녕부: 현재 서울특별시 종로구 낙원동 삼일대로 30길 21 종로오피
  스텔 주차장 담장에 옛 돈녕부 자리였다는 표지판이 박혀 있다.

소야도

1.

어린 계주는
소야도 이곳저곳 놀이터 삼아
봄풀처럼 무럭무럭 자랐다

나이가 한참 위인 두 형님을 따라
섬 구석구석 살피며
마을 이야기 듣기를 좋아했다

우람한 소나무가 해변을 둘러싼 언덕에
띠풀이 많이 나는 떼뿌리해변에 가서
멱을 감고 삘기를 뽑아 먹고 오기도 했다

어린 계주가 가장 좋아했던 곳은
턱골 장군섬에 있는
장사바위

마을 사람들은
갑옷을 입고 서 있는 우람한 바위가
소야도를 지키는 장사바위라고 믿었다

외지에서 오는 뱃사람들이
나쁜 마음을 먹고 소야도에 왔다가도
장사바위에 기가 눌려 조용히 돌아간다는 바위

마을 사람들은 배를 타고 떠나거나 돌아올 때
장사바위를 향해
안녕을 빌고 또 빌었다

마을에서 태어나자마자
힘이 센 아이가 부정을 타
돌로 변했다는 전설이 내려오는 장사바위

부정 탄 내용이 뭘까?
마을 사람 가운데 아는 사람은 없는데
머리가 파란 할머니 한 분이 이렇게 말했다

나라가 위태로울 때 사람으로 변해
나라를 구할 바위란다
아니면 마을에 장사가 태어나거나

2.
싱그러운 소야도 아침
계주는 눈을 뜨면 집과 가까이 있는
얼르메 낙지바위에 가서 놀았다

큰 바위에
낙지 모양의 흰 차돌이 박혀 있는데
갯벌에서 갓 잡아 올린 낙지 문양이다

바위에 오르면
맑은 날 나뭇가지 사이로
첩첩한 섬 건너 아득히 있다는 먼 육지

육지에는 계주의 아버지가
형제 일가를 거느리고 떠나왔다는
제물포가 있다고 했다

물이 갈라져 큰말과 이어지는
목바닥에서부터 갓섬과
간데섬과 송곳여와 물푸레섬까지

삼사 리나 이어지는 이 모랫길은
제물포가 있는
육지 쪽을 향해 갈라졌다

계주는 물이 갈라지면서 드러나는
모래밭을 따라
물푸레섬까지 가서 한참 놀다 왔다

돌굴이라 부르는 가시굴을 따고
소라와 조개를 줍고
배꼽고둥을 잡았다

물푸레섬으로 가는 갓섬 해변에는
두꺼비 모양의 바위에
붉은 호랑이 문양 바위가 있는데

호랑이 두 마리가 엉덩이를 맞대고 있어
아이가 없는 집 할머니가 와서
촛불을 켜고 정성껏 빌고 있었다

3.
큰말에서 가장 먼 곳은
섬의 가장 남쪽인 막끝
거기에 곰바위와 막끝단섬이 있다

막끝단섬에는 삼형제바위가 있고
곰바위는
마치 곰이 입을 떡 벌린 듯

막끝에서 막끝단섬 쪽을 바라보는 하늘은
곰바위가 막끝단섬을 이빨로 콱 물어
피가 튄 듯 노을이 붉다

4.
큰말에서 고개 넘어 뒷목 가는 길
고갯마루에 올라서면 망망대해에 떠 있는 섬들이
짐승처럼 웅크리고 있다

죽노골해변은 금모래가 가장 볼만하고

가까이에 큰 섬인 덕적도가
손에 닿을 듯 한걸음에 건너뛸 듯하다

물이 나가면 바다가 갈라지듯
해변에서 섬 쪽으로 길이 나고
소나무가 고봉밥처럼 수북한 검푸른 섬

5.
어느 날은 바위에 파인
짐대끝 돌절구에 고인 물을
신기하게 바라보다 돌아오기도 했다

돌절구처럼 파인 바위는
오래전 바다 건너 당나라 장수 소정방이 와서
군사들에게 먹일 곡식을 찧었다고 하고

어떤 사람은 이곳이
바다에 떠 있는 배에 신호를 보내기 위해
불을 피운 곳이라고도 했다

6.
장사바위 가까이에는
마배부리에서 바다 쪽으로 튀어나와
우뚝 솟은 바위

매바위라고도 부르는
마배바위는
덕적도와 소야도의 등대지기와 같다

외지에서 소야도에 들어오려면
마배바위를 지나
나룻개선착장에 배를 묶어야 한다

아버지 헌구는
어촌에 와서도 책과 붓을 놓지 않았는데
스스로 지은 「소야도 일주 십경가」를 종종 읊었다

소야도 일주 십경가

장군섬 철갑 두른 턱골 앞 장군바위
칼 차고 부릅뜬 눈 서해를 지켜본다
소야도 일출 일몰이 몸에 가서 빛난다

마배부리 매바위는 소야도 등대지기
물 나간 갯벌에는 조개와 박하지 떼
어민들 주워 담느라 물때 되면 바쁘다

나룻개 접어들어 선착장 배를 대고
덕적섬 바라보니 한걸음에 건널 듯
붐비는 작은 어선들 이웃처럼 정겹다

죽노골 어디인가 홍해부리 돌아가니
노을은 아름답고 해변은 금빛이라
썰물에 모랫길 걸어 뒷목섬에 가 보자

떼뿌리해수욕장 깨끗한 은빛 모래
완만한 모래언덕 띠풀이 뒤덮었다
수은을 부어 놓은 듯 반짝이는 바닷물

왕재산 바위 튀어 섬이 된 막끝단섬
섬과 섬 노을 풍광 서해의 명물이라
막끝단 삼형제바위 다정하게 앉았다

곰바위 입 벌리고 지는 해 물고 있다
노을이 붉은 것은 곰이 문 석양 때문
해 지자 서해 바다에 쏟아지는 은하수

짐대끝 돌절구야 소정방 다녀갔냐
소씨 노인 머물던 담안이 어디던고
세월은 십만 대군을 자취조차 없앴다

얼르메 낙지바위 흰 것은 낙지인데
누런 건 황금인가 서양 배 군함인가
조선도 재발분하여 부국강병 이루자

목바닥 두껍바위 호랑이 삼켰구나
아이를 못 낳는 집 이곳에 기도하네
나라가 풍전등화니 호랑이를 낳아라

덕적도

우웅~ 우웅~
한여름 민어 떼 우는 소리가 들리면
목선을 타고 나가 그물을 던진다는

"앞산은 같이 가고
뒷산은 멀어 간다
어기여차 뱃소리에 우리 배 절로 간다"

"남의 배는 막걸리만 먹는데
우리 배는 아랑주만 먹는다
어기여차 뱃소리에 우리 배 절로 간다"

이런 어부가를 주고받으며
바다로 나간 고기잡이배들이
북리항으로 들어온다는 덕적도

큰물섬으로 부르는 덕적도는
소야도 문갑도 선갑도 굴업도 선미도 백아도 울도
이런 크고 작은 섬들을 거느리고 있다

이것 말고도 섬 이름을 가진
수많은 섬과
섬 이름을 얻지 못한 수백 개 작은 여礁들

섬과 섬 사이에
민어 조기 도미 농어 홍어 가자미 갈치 새우
이런 물고기들이 자라

돈과 사람이 넘친다는 덕적도에는
금빛 모래가 완만한
저녁이 아름다운 서포리 모래 해변이 있다

해변 뒤로 거대한 노송들이 우거지고
언덕에는 허옇게 드러난
옛 조개 무덤들이 보인다

조개 무덤은 소야도에도 있고
무덤 주변에는
뗀석기와 간석기들이 나뒹굴고 있다

덕적도에서 육지로 나가는 뱃길은
제물포 가는 길과
화성 남양반도와 충청도 당진 가는 길

제물포와 당진으로 난 뱃길은
사람들이 가장 많이 붐볐고
덕적도 방언에는 충청도 사투리가 섞여 있다

북리항

덕적도 북리항은
항상 민어 파시로 성시를 이루었다
물건을 사고파는 사람들이 많은 번창한 항구

북리등대는 밤새도록 포구를 밝히고 있고
어떤 때는 연평도 조기잡이배가 와서
며칠 머물다 가기도 했다

꽃게잡이 배가 들어오고
울도를 중심으로 값비싼 새우가 널려 있어
어부들은 이곳을 황금바다라고 불렀다

울도 주변에 밤새 새우잡이를 하느라
바다 위에는 꺼질 줄 모르는 불빛
이를 비유해 울도어화라는 말이 생겼다

강화 노인

계주는 어느 날 덕적도에 건너갔다가
북리항에서 한 노인을 만났다
고향이 강화라고 했다

1866년 병인양요를 겪고
아버지 현구의 도움으로 덕적도에 들어왔는데
서당을 열고 사서를 읽는다고 했다

천주교 탄압을 빌미로
신부를 앞세운 프랑스군이 관아에 불을 지르고
외규장각과 민가 서고에서 책을 빼앗아 가면서

길바닥에서 태우거나
구덩이에 버린 책을 뒤져
조선의 역사서 여러 권을 가지고 왔는데

왕실의 책을 읽은 죄가 크고 두려워
어디다 감추지도 못하고
가마니에 넣어 배에 싣고 덕적도로 왔다고 했다

덕적도는
고대부터 중국과 교역을 하던
중간 기착지

육지의 능허대에서 바람을 타고 출발한 배는
덕적도에 정박해 잠시 숨을 쉬고
산둥반도에 갔다고 한다

산둥반도까지 가는 길은
중국 등주와 내주로 길이 갈라지는
가장 중요한 항로

강화 노인은 말했다
"자네는 해상 왕국 마한의 후예일세
덕적도는 마한 바닷길 거점이었다네."

동양의 해상지배권을 장악했던 통일신라 때도
덕적도 여러 섬은
바다로 나가는 관문이었다고 했다

고려시대에도 해상 활동의 중요한 거점이었고
조선 중엽에는
첨사 겸 수군절도사를 두었다고 했다

몇 달 후 덕적도에 건너갔을 때
강화 노인은 작은 서가로 계주를 데리고 가더니
프랑스군이 침탈하여 불태우다 만 책들을 보여 주었다

숙종 때 북애자가 지은 『규원사화』
발해 유민들이 고려에 가지고 들어온 『조대기』
대조영 아우 대야발이 편찬한 『단기고사』가 있었다

고려 안함로가 지은 『삼성기』와
역시 고려 원동중이 지은 『삼성기』가 보이고
고려 이암이 지었다는 『단군세기』가 보였다

노인은 『북부여기』를 몇 장 넘기더니
고려 말 범장이 편찬하였다고 했다
이맥이 지은 『태백일사』는 겉장이 떨어져 있었다

『고조선비기』와『삼성비기』와『표훈천사』
『대변경』과『동천록』과『지공기』와『삼한습유기』가 보이고
『지화록』과『신선전』이 보였다[*]

노인이 말했다
"민족은 흩어졌다 모이고 나라는 흥망을 거듭한다네.
역사를 잘 보전하면 다시 살아날 수 있다네."

---

[*] 여운건·오재성, 『과학으로 밝혀진 우리 고대사―동북아시아 일만
년 역사』, 한국우리민족연구회, 2004. 676쪽 참조.

서해 물길

계주는 소야도에서
먼 대이작도와 승봉도와 풍도를 거쳐
당진과 서산에 있는 포구에 자주 다녀왔다

서쪽으로는 선감도와 백아도를 거쳐
지도와 울도와 가덕도와 대령도와 목덕도까지
망망한 바다를 돌아서 왔다

동쪽으로는 자월도를 거쳐
영흥도와 선재도와 대부도와 오이도를 거쳐
소래포구까지

북쪽으로는 실미도와 용유도
영종도를 거쳐 강화도까지
소연평도와 연평도를 다녀왔다

배들이 많이 모인다는 제물포에 가서
푸른 눈과 흰 얼굴을 한 서양인들이 가지고 온
서적과 문물을 구경하다 왔다

아버지가 형제 일가를 거느리고
작은 섬 소야도에 오는 배를 탔다는 제물포는
계주가 가장 좋아하는 곳

아버지가 살았다는 한성을 구경하기 위해
강화도를 거쳐 한강을 거슬러 마포나루까지
거기서 내려 정선방에 다녀오기도 했다

조운선 운영

어느 날 뱃사람들이 소문을 물고 왔다
전라도 법성창에서 서해 연안 물길을 잘 아는
건장한 사람을 찾는다고 했다

한성 경창으로 올라오는 태안과 서산 해안은
풍랑이 잦기도 했지만
다른 해안과 달리 수면이 낮아 물길이 복잡했다

또한 조수간만의 차가 커서
배가 쉽게 좌초되었고
풍랑도 거세 항해가 쉽지 않았다

더구나 대동미를 빼돌리는 경우가 없어야 되니
신원이 확실해야 하고
세곡창 관리를 상대하니 문자를 알아야 했다

사람들은 신원이 확실하고
문자를 잘 아는
돈녕부 관원 출신자의 아들인 계주를 추천했다

강화 노인은 이렇게 말했다
"조운선을 운영하면 국가 제도를 알게 되고
관리들과 사귀게 되니 세상 물정을 알 수 있다."

조정은 세곡인 대동미를 실어 나르는
조운선 도착 날짜를
지방별로 엄격하게 정해 주었다

출항과 상납 기일을 지키지 못하면
해당 관리 이하 사공沙工과 격군格軍
모두 처벌받았다

계주는 법령으로 정한 기준인
배 한 척당 우두머리인 사공 1명과
격군 15명을 갖춰 법성창 조운선에 합류했다

서해 물길을 잘 아는 계주는
조운선단 맨 앞에서
바닷길을 안내했다

황해도와 전라도
충청도 바닷가와 경기도에서 오는 배들은
모두 서강西江에서 세곡을 내렸다

한강 상류에서 오는 경상도와 강원도
충청도 내륙과 경기도 내륙에서 오는 세곡선들은
용산강龍山江에 모여든다고 했다

세곡선들은 한강으로 들어가기 직전
강화 연미정과 봉상포에서
운송하는 세곡 수를 다시 점검받았다

전국 각지에서 거두어들인 세곡은
용산강과 서강에서 하역
군자감과 광흥창과 풍저창 창고로 옮겼다

군자감에 수납된 세곡은 군량미로
광흥창에 수납된 세곡은
관리들 녹봉으로 나가고

풍저창에 수납된 세곡은
각 관청의 운영 경비로 사용한다고
늙수그레한 경창 관리가 귀띔해 주었다

조운선 파선

대동미를 실은 조운선단을 끌고 가던 어느 날
소야도와 이작도 사이 반도골 수로에서
배 한 척이 침몰했다

암초에 걸려 파선한 뒤
갑작스런 침몰로
배에 실었던 세곡 한 톨 건질 수가 없었다

하필이면 조창에 속해 있는 관가의 배였다
선단 맨 앞에서
물길을 열어 가던 계주에게 책임이 돌아왔다

수령의 호통이 떨어졌다
"뱃길을 잘못 안내한 네가
어찌 엄벌을 피하겠느냐?"

법령에 따르면
조운선을 파손하거나 대동미를 침수시키면
무거운 벌에 처하도록 되어 있었다

수령은 화를 넘어 실의에 빠졌다
조운선이 침몰할 경우
해당 지역 수령도 당연히 파면이었기 때문

조창에 소속되어 있는 배는
만든 지 10년 지나면
크게 수리하도록 정해져 있었지만

10년이 넘어도 수리하지 않은 배
20년이 넘어도
폐선 처리하지 않은 배들이 여러 척이었다

평소 다니던 물길이지만
대동미를 과적하여
오래된 배가 암초에 닿아 찢어진 것

영종도

수령은 대동미를 빼돌린 것까지 발각되어
멀리 유배형을 떠나고
계주는 침몰한 대동미를 변상하느라 빈손이 되었다

실의에 빠져 소야도로 돌아간 계주
강화 노인 소개로 생계를 위해 영종도에 건너갔다
미역을 사고파는 부유한 상인의 집이었다

영종 상인은 충청도 강경에 가서
제주 미역을 사 오기도 하고
전라도에서 직접 가져오는 미역을 사서 되팔았다

하루는 영종 상인이 말했다
"영종도는 원래 이름이 자연도紫燕島였지.
제비가 많은 섬이라는 뜻이야."

가히 그랬다
정말 제비가 많았다
그만큼 비옥해 먹이가 풍부한 섬이었다

그런데 이곳 해안 요새 영종진은
1868년 천주교 신부를 앞세운 독일 상인이 와서
행패를 부린 곳

중국과 무역을 하던 독일 오페르트란 자가
흥선대원군 아버지 묘를 파헤치며
통상을 요구했던 곳이었다

지난 1866년 병인양요 때 프랑스 해군과
1871년 신미양요 때 미국 해병대에 맞서 싸운
위대한 격전지였다

그러나 1875년 일본 군함 운요호가 왔을 때
프랑스와 미국과 싸우느라 포탄과 총알이 바닥나
조선 수군이 전멸한 슬픔이 가득한 곳

이날 일본은 군함을 끌고 와 포격을 하고
1876년 강화도에 들어와서
「일한수호조규」를 강제로 체결했다

이미 1854년 미국의 함포에 굴복
미국과 불평등한 미일화친조약을 맺은 일본은
조선에 똑같은 방식의 개항을 요구했다

조선의 두 항구를 무역항으로 추가 지정하고
일본 항해자가 조선 해안을 자유롭게 측량하며
일본인의 범죄를 일본 관원만 다스린다는 내용

쓰시마가 독점하던 일본의 조선 무역 시대는 끝나고
일본인이라면 누구나
조선 항구에 와서 장사를 할 수 있게 되었다

청나라에 여전히 조공을 바치고 있고
서양과 일본의 침략에 시달리는 조선은
바람 앞의 등불과 같았다

마니산

하늘과 땅에 바른 기운이 뻗치던 어느 10월
영종 상인이 말했다
"마니산 단군 제사에 다녀오세."

우리 민족은 추수가 끝나는 10월이면
부여, 고구려, 예, 옥저, 마한, 진한, 변한 시절부터
항상 하늘에 제사를 지냈다고 했다

음식을 먹고 술과 노래와 춤을 추면서
풍요와 평화를 기원하고
노래와 춤으로 이웃과 하늘을 감동시켰다고 했다

계주가 참성단에 절을 올리는데
참성단 입구 옆 돌로 쌓은 축대에 솟아오른
오래된 소사나무 잎이 햇빛에 반짝거렸다

영종 상인이 말했다
"나라가 쇠하고 민족이 흩어져도
국조 단군을 잊지 않으면 다시 흥성할 수 있다네."

제2부 울릉도

울릉도

백두대간 금강산 한 지맥이
동해로 움푹 들어갔다 솟아오른 첩첩 봉우리
수목을 울창하게 두른 섬

성인봉에서 내려 뻗은 암골이
바닷가로 내려가다
뚝 끊겨 직벽을 이룬 섬이다

섬은 울진 동쪽 3백 리에 있어
우릉이라 부르고 무릉이라고도 불렀는데
세 봉우리가 높이 솟아 하늘에 닿았다

옛날 우산국이 있어
신라가 나무 사자로 복속시켰는데
이미 사자가 불법 수호 성수인 것을 알고 있었다

고려에 공납을 오래 바쳤고
여진의 침입을 받아
섬을 비우기도 했다

한때는 현을 두고자 했으나
바람과 파도가 심해서 그만둔 적이 있으며
울릉도로 도망간 백성을 잡아 목 졸라 죽인 적도 있다

왜선이 정박해
책망하여 되돌려 보내고
임진왜란과 동학 탄압으로 숨어든 사람도 있었다

비옥한 섬에는 시호, 석남, 고본
이런 약초들이 자라고
대나무가 커서 깃대 같다고 하고

쥐가 커서 고양이 같으며
복숭아씨가 커서 됫박만 하고
전복이 커서 어른 얼굴만 하기로 알려졌다

바다에는 가지어가 살고
느티나무와 박달나무가 가장 견고하고 치밀해
해안 곳곳에 조선소가 있다

밭에는 콩과 옥수수와 감자가 자라고
논이 적어 평생 쌀 세 말을 못 먹고 죽는다는데
춘궁기에는 명이나물 뿌리를 캐 먹으며 견딘다고 한다

섬개야광나무와 고추냉이와

섬에는 섬개야광나무와 고추냉이와 섬노루귀
섬현삼과 섬피나무와 만병초
섬조릿대와 섬초롱꽃과 섬남성이 자라고

백 리 밖 향을 뿜어댄다는 섬백리향 군락과
햇살에 반짝이는 후박나무와 동백나무와
감탕나무 활엽들

풀과 꽃과 나무에 의지해
딱정벌레와 나비와 파리
노린재와 벌과 매미가 생명을 다투며 살고 있다

이곳 곤충들의 대장은 울도하늘소
몸매가 날씬한 맵시벌도 보이고
벗나무 잎 즙액을 빨아 먹는 복숭아굴나방도 보인다

울릉도 전역에서 서식하는 흑비둘기와
풀밭과 나뭇가지를 오르내리며
가랑잎처럼 날아다니는 참새 떼

도요새와 황새와 참매와 기러기
두견과 딱따구리와 슴새와 사다새와 두루미가 있고
비둘기와 올빼미와 칼새가 있다

녹색비둘기와 황조롱이와
흰목물떼새가 오고
노래기를 잡아먹은 늑대거미가 보인다

울릉도에는 샘도 냇물도 있어
태하천에는 은어와 미꾸라지와 참개구리
동남참게가 풀잎을 잘라 먹으며 살고 있다

울릉도를 개척해야 합니다

고종 18년인 1881년
젊은 관리 김옥균은
일본 문물을 돌아보려고 가던 중 대마도에 들렀다

여관을 나와 길거리를 지나는데
느티나무 판자가 산더미처럼 쌓여 있었다
"이 판자들은 어디서 온 것들이오?"

일본인이 대답했다
"조선의 울릉도에서 온 나무들인데
비싼 값에 거래됩니다."

김옥균은 이런 사실을 적어 조정에 올렸고
조정은 일본 정부에 항의했다
"일본인들의 울릉도 나무 도벌을 금지해 주시오."

그러자 일본 정부가 대답했다
"바닷가 어민들이 한 일이지
우리가 명령한 것이 아니오."

김옥균은 돌아와 조정에 말했다
"일본이 조선 땅에 마음대로 들어와 도벌하니
울릉도를 개척해야 합니다."

그러자 다른 신하가 반대했다
"먼바다 외딴섬이라 왜적들이 쳐들어오고
또한 자주 굶주릴 것이니 개척하는 건 어렵습니다."

또 다른 신하는 찬성했다
"개척하지 않는다면
결국에는 저놈들이 차지하게 될 것입니다."

"정조대왕과 순조대왕에 거쳐
일본인들은 무수히 나무를 도벌하고
고래를 잡아 갔으니 방책을 마련해야 합니다."

"만일 지금 개척하지 않는다면
조선의 한 귀퉁이를 잃을 뿐만 아니라
조정과 백성이 모욕과 무시를 당할 것입니다."

이렇게 논란을 벌이고 있는 사이
일본인들은 나무를 베어
개항지 원산과 부산으로 실어 나르고 있었다

울릉도 개척 소문이 개항장으로

1.

1881년 이른 봄 울릉도
일본인 7명이 무단으로 들어와 벌목하다가
수토관에게 발각되었다

일본인들은 울릉도 재목을
부산과 원산으로 반출했다
그냥 놔둘 수 없는 일이었다

강원도 관찰사 임한수가 글을 올렸다
"일본인들이 울릉도에 들어와 벌목하는 것을
수토관이 발견했으니 대비책을 세워야 합니다."

안용복 사건으로
일본인들 도해가 2백 년간 잠잠하다가
다시 도해가 시작된 것

임한수는 다시 글을 올렸다
"울릉도는 망망한 바다 한가운데 있어서
비워 두면 국방을 대단히 허술히 하는 것입니다."

같은 해 5월 22일 통리기무아문은
외교 문서인 서계를 일본 외무성에 보내게 하고
이규원을 울릉도 검찰사로 임명했다

고종이 이규원에게 말했다
"그동안 울릉도를 비워 두는 정책을 해 왔다.
그곳이 어떤지 돌아보고 오라!"

2.
조정의 정책과 상관없이
조선의 백성들은
오랜 세월 끊임없이 울릉도에 들어가서 살았다

숙종 이후 수토를 위해
월송만호와 삼척영장을 교대로 보냈지만
모두 형식적이어서 소용없었다

동쪽 바닷가와 남쪽 바닷가 백성들이
물고기를 잡으러 가고

생업을 위해 도항하는 것을 막을 수는 없었다

뿐만 아니라
일본인들도 국경이 허술한 틈을 타
틈만 나면 나무를 베어 가고 해산물을 가져갔다

3.
고종이 울릉도 개척 의지를 갖고
이규원을 울릉도 검찰사로 임명했다는 소문이
부산 인천 원산 개항장으로 퍼져 나갔다

참성단 단군 제사에서 인연이 된 몇 사람과
영종도와 강화도 포구를 들고 나던 사람들이
소문을 물어 왔다

개성을 드나드는 경상도 청어 장수도
강원도에서 약초를 캐서 파는 채약꾼도
호랑이 가죽을 파는 구월산 포수도 전해 주었다

어느 날 중년의 거문도 상인이 말했다
"저는 봄여름 울릉도에 건너가
미역을 채취하고 말린 전복과 약초를 가져옵니다."

젊은 초도 상인도 계주에게 말했다
"울릉도에 미리 들어가 먼저 자리잡고
미역을 가져다 육지에 팔면 큰 수지가 맞을 겁니다."

옆에서 듣고 있는 영종 상인이 말했다
"울릉도에 들어가 보게.
배 한 척과 일꾼들을 붙여 주겠네."

4.
계주는 거문도와 초도 상인을 방에 재우며
울릉도 얘기로 밤을 새웠다
해산물이 많고 수목도 울창하다고 했다

울릉도에서 2백 리 거리에 있는 독섬에는
미역과 전복이 많고

강치가 컹컹 운다고 했다

울릉도 나무를 경상도와 전라도 해변으로 실어 와
조운선을 만들고
집을 짓는 사람이 있다고 했다

거문도를 향해 남쪽으로

1881년 울릉도 개척 소문이 무르익자
계주는 영종 상인이 내어 준 배와 일꾼을 데리고
거문도를 향해 남쪽으로 향했다

바람 따라
섬에서 섬을 따라
낮에는 해 밤에는 별 보며 갔다

화성과 아산과 보령 앞바다를 지나
서산과 강경포구와 군산
조기가 많이 난다는 칠산 바다

민어가 많이 난다는 비금도와 도초도를 지나
목포와 울돌목 지나
완도와 청산도를 지나 거문도에 정박했다

거문도는 고도와 좌우로 거느린 서도와 동도
세 섬을 아우르는 말
어부들은 고도와 이웃 초도를 합해 고초도라 했다

거기다 이웃 손죽도까지
세 섬을 합해
흥양현 삼도라 불렀다

크고 작은 섬들이 모여 있어
고기들이 모여 있는 이곳을
왜가 48번이나 조선에 개방을 요구했다고 한다

육지와 멀어 유배자와 낙향자가 많은 이곳
청나라 제독 정여창이
문장의 거인 귤은 김유와 필담을 나누었다는

문장의 거인이 사는 섬이라서 거문도
1845년에는 영국 해군이 탐사하고
1867년에는 미국 함선이 군사기지를 두려고 왔던 곳

이곳 흥양현 삼도는
토양층이 얇고 바람이 세서
큰 나무가 자라지 않는다고 했다

그래서 집을 짓고 배를 건조할 재목을
숲이 울창한
울릉도에 건너가서 찾았다

조정이 섬을 비우는 정책을 하면
왜인들만 울릉도에 건너와
나무를 베고 고기를 잡아 말려 갔다

따라서 이곳 거문도 사람들도
봄날 남서풍이 불면
해류를 타고 울릉도에 건너갔다

새로 배를 만들거나
나무를 잘라 만든 판재를 배에 매달고 돌아왔다
미역을 따고 고기를 잡아 말려 싣고 왔다

돌아보면 공도정책을 할 때마다
국운이 기울었다
그래서 울릉도와 독섬을 내주면 안 되는 일

그러니 울릉도와 독섬에 건너가는 흥양삼도
아니 조선의 모든 섬사람들은
조선의 최전방을 방어하는 민병이나 다름없다

초도에 건너가다

하루를 거문도에서 묵은 후 초도에 건너갔다
이곳 사람들은
초도를 상도 거문도를 하도라고 불렀다

"간다 간다 나는 간다
울릉도로 나는 간다
오도록만 기다리소

돛을 달고 노 저으며
울릉도에 가다 보면
고향 생각 간절하다"

이런 뱃노래가 들리는 마당가에
울릉도에서 가져와 심었다는 백단향 나무가 향긋한
김창안 사랑채에서 며칠 묵었다

연산조 무오사화 때 참수를 당하고
본향인 청도에서 파향을 당한
김일손의 후손이라고 했다

노인 몇 사랑방에서 시조를 읊고 있었다
억울하고 허망한 세상을 등지고
머나먼 낙도인 흥양현 삼도로 들어온 후예들

거문도에서 초도로 건너와 뱃일을 하고
울릉도에서 가져온
기둥과 대들보 위에 기와를 얹었다고 한다

마룻바닥과 느티나무 절구통
제사 때 피우는 향
이런 것 모두 울릉도에서 끌고 왔다고 했다

진남포와 마포나루와 금강 하류까지 배를 몰아
물건을 팔고 조기를 잡아 오는 이곳 사람들은
당집에 해상왕 장보고를 모셨다

이런 고초도 어부들은
겨울 지나 춘삼월이면 남서풍을 이용
콩 서 말을 볶아 울릉도까지 보름에서 한 달을 갔다

나무를 베어 배를 만들고
여름 동안 미역을 따고 물고기를 말려
가을철 북동에서 하늬바람 불면 돌아왔다

이들 배 안에는 마른 미역 말고도
말린 홍합과 전복과 굴과
소금 간을 한 바닷고기가 가득 실려 있었다

울릉도에서 나와
경상도와 전라도 포구 포구마다 들러
물물교환을 하며 귀향했다는 고초도 어부들

고향에 도착해서는
목재를 풀어 놓고 서해로 나가 물고기를 잡고
서해 연안 곳곳에 들러 물건을 팔았다

연안에 보재깃배들이

배는 초도에서 손죽도와 소리도를 거치고
남해 미조를 거쳐
사량도와 욕지도를 지났다

연안에 보재깃배들이 보인다
포작꾼과 잠녀들이 가족을 이루어 사는
갑판에 거적을 덮은 배

바다에 잠수해 미역과 전복을 따는 포작꾼과 잠녀들
이들은 뱃길과 물길과
자연 변화를 잘 알았다

임진왜란을 승리로 이끄는 데 역할한 사람들이
사실은 물길을 잘 아는
이곳 포작꾼들이라고 했다

보재기라 부르는 포작꾼들이
전쟁을 수행하는 현장에서
돛을 올리고 노를 저었던 것

부산 절영도를 거쳐 왜관이 있는 초량과
오륙도와 청사포와 송도와 기장 앞바다를 거쳐
울산 방어진에서 잠시 돛을 내렸다

간절곶과 장기 호미곶을 지나고
포항과 흥해와 영덕을 거쳐
평해 구산포에서 울릉도에 건너간다고 했다

계주는 처음 가 보는 울릉도 뱃길
여남은 척 배들이 기러기 떼 짓듯 가는
고초도와 손죽도 상인들 속에 섞여 따라갔다

울릉도와 독섬을 오고 가는 뱃사람들 8할이
섬이 많아 뱃일 잘하기로 소문난
흥양 삼도와 고흥반도 상인들이었다

운이 좋아 물때와 바람을 잘 만나면
동한해류를 타고 멀리 독섬을 돌아 울릉도까지
일고여드레 만에 도착했다

평해 노인

평해에서 순풍이 오기를 기다리며
물과 양식을 준비하는데
단봇짐을 한 노인이 찾아왔다

읍에서 10리쯤 떨어진 대풍헌 아래
구산포에서 이틀째
바람을 기다리던 중이었다

"울릉도 건너가는 배에
늙은 몸 하나 얹어 주시오.
이곳에서 서당 훈장이나 하는 몸이라오."

노인은 지난 십 년 전
이필제가 일으킨 영해부 봉기 사건으로
탄압받고 바다를 건너간 벗을 찾아간다고 했다

동학 초대 교주 최제우 선생이
1864년 3월 대구 감영에서 처형당하자
2대 교주 최시형 선생은 평해로 도피

괴나리봇짐을 둘러메고
가까운 영해 영덕 상주 흥해와
전국을 돌아다니다 이필제를 만났다

동학교도인 이필제는 1869년부터 2년 동안
진천과 진주에서 농민봉기를 조직했던 인물
영해에 와서 다시 농민봉기를 조직하고 있었다

1871년 봄, 최시형과 동학교도 5백을 동원
영해부를 습격 병기고를 접수한 뒤
인민을 가렴주구한 부사 이정을 처단했던 것

노인이 물었다
"젊은이는 장사를 하러 가나 본데
울릉도를 아시오?"

계주가 대답했다
"처음입니다.
미역과 전복이 많이 난다고 해서 갑니다."

노인이 말했다
"오랜 세월 동해 변 부여, 옥저, 예와 삼한에서부터
남해와 서해 연안의 우리 조상들이 건너다닌 땅이오."

대풍헌의 관리인이 급하게 걸어오더니
내일 아침에는
배가 뜰 수 있을 거라는 소식을 전했다

울릉도를 향하며

다음 날 아침 8시
순풍이 와서 수면이 잠자듯 잔잔해지자
포구에 정박해 있던 배들이 일제히 돛을 올렸다

풍선이 큰 바다 한가운데로 나가자
파랑이 심해 소매와 얼굴에 포말을 흩뿌리고
배가 부서질 듯 요동쳤다

그러다 곧 바람이 순해졌다
바다 형세가 서해와는 많이 달라
파도가 변덕이 심했다

계주가 노인에게 말했다
"어르신께서는 울릉도가 여러 번인 듯합니다.
사람이 살 만한 곳입니까?"

"살 만한 곳이고말고.
삼국지 위지 동이전 옥저조에
나와 같은 늙은이들 이야기가 나온다오."

함경도 남쪽 옥저국 사람들이
배를 타고 물고기 잡으러 갔다가 표류하여
며칠 만에 울릉도에 닿았다고 했다

태양이 작열하는
매년 7월
태양을 섬기는 제를 지냈는데

맑고 바람 부는 날
울릉도 산등성이에서 멀리 보이는
돌섬을 아울러 우산국을 세웠고

무력은 신라와 대적할 만했으나
생명을 죽이지 않는 불법을 알면서
사람을 제물로 바치는 제사를 그쳤다고 했다

에헤야 술비야

노인과 말을 주고받는데
갑자기 이웃 배에서 노랫소리가 들려왔다
노인이 말을 쉬었다

"에헤야 술비야 어기영차 뱃길이야
돛을 달고 노니다가 울릉도로 향해 가면
고향 생각 간절하다"

거문도 어부들이 탄 배에서
먼저 선창을 하자
이웃 초도 사람들이 소리를 받았다

"에헤야 술비야 어기영차 뱃길이야
울릉도를 가서 보면 좋은 나무 탐진 미역
구석구석 가득 찼네"

뱃사람들은
망망대해에 떠 있는 풍선 위에서
뱃노래를 경쟁하듯 크게 돌림노래로 불렀다

거문도와 초도 사람들
뱃노래가 더 이상 이어지지 않자
평해 노인이 뱃머리에 나와 시를 읊었다

"명사십리 해당화는 망양정의 경치로다
꽃가지 하나 꺾어 평해 풍광 희롱하니
백석 청송 이어진 누각 월송정이 상쾌하다"

섬을 비워 사람이 살지 못하게

노래가 끝나자 계주가 여쭈었다
"어르신, 덕종 이후
울릉도는 어떻게 되는지요?"

"고려 인종과 의종 때도 관리를 보내
울릉도를 조사했지.
그러나 왜구 때문에 다시 사람이 살지 못했어."

조선 초부터 육지 사람들이 건너가 살아
강원도 울진현에 속하게 하였으나
왜구들 거점이 되자 그곳 사람들을 데려왔다

태종 3년 8월에는
강릉도관찰사 장계에 따라 무릉도 거주민을
육지로 나오게 했고

태종 7년에는
대마도 수호守護 종정무가 토산물을 바치며
무릉도에 옮겨 살기를 청했으나 거절했다

태종 15년엔 11가구 60여 명이 살았는데
소나 말과 논은 없지만 콩과 보리를 경작하고
해산물과 과일이 많았다

태종 16년 9월에는
삼척 사람 전 만호였던 김인우를 안무사로 임명
거주민을 데려왔다

그다음 해인 태종 17년에 김인우는
우산도에서 토산물과 주민 3명을 데리고 와
15호 86명이 거주함을 보고했다

태종은 우산 무릉에 주민의 거주를 금하고
거주민을 내보내기로 최종 결정
수토정책을 확립했다

세종 7년에는
안무사 김인우가 남녀 40명을 잡아 와
충청도 깊은 산군山郡에 정착시켰다

세종과 성종 대에
요도와 삼봉도 등 섬을 찾는 운동이 있었는데
그때마다 울릉도가 거론되었다

그러나 바닷길이 험난하고
왜구의 침입이 걱정되어
쇄환정책은 계속 유지되었다

성종 2년
조정은 관리를 파견해 섬을 조사하려 했고
광해군 6년에도 조사를 하려 했다

광해군 6년 6월
대마도주가 울릉도를 의죽도라며
섬의 지형을 살피려고 하자

조선이 거부하였고
다시 9월에 대마도주가 울릉도 거주를 청하자
다시 불가함을 알렸다

조정은 섬을 비워 사람이 살지 못하게 했지만
백성들은 여전히 드나들며
나무를 베고 물고기를 잡고 미역을 뜯었다

동래비장 안용복

동래부사 지시에 따라
동해에서 활동했던
부산첨사 비장인 안용복

1654년 동래 좌천동에서 평민으로 태어난 그는
두모포 왜관에 출입하며 왜말을 익혔고
수영 수군기지에서 노군으로 남해안 경비를 담당했다

동래부는 숙종 16년인 1690년
노군을 총지휘하는 능노군 안용복에게
비장 호패를 발부했다

용복은 일본 어민들이 울릉도 해역을 침범
조선 어민들과 충돌한다는 소문을 듣고
1693년 3월 15일 가덕포구에서 출발했다

10명이 출발했으나 영해에서 환자 하나가 내렸다
3월 18일 울릉도에 도착한 인원은 9명
8명은 울산인이고 안용복만 동래인이었다

울릉도에 울산 어부 40여 명이 배를 대고 있었는데
1693년 4월 17일 울릉도 해역에서
전복을 잡고 있는 일본 어부들을 발견했다

"이곳은 조선의 해역이다.
너희 마음대로 조업을 해서는 안 된다.
체포하여 압송하겠다."

심복 박어둔이 일본인들을 붙잡으려 하자
무장을 한 일본 오오야 잠수단 7척과 격돌
무력 부족으로 안용복은 박어둔과 붙들려 갔다

두 사람을 잡아간 일본인들은
톳도리 번 요나고 회선업자 오오야가의 어부들
오키섬 후쿠와라에서 요나고 성주에게 인계했다

안용복은 요나고 성주의 숙부 집에 머물렀는데
그에게 울릉도가 원래 조선에 소속되어 있고
조선은 하룻길 일본에서는 닷새 길로 멀다고 했다

지리적으로 보더라도 울릉도는
조선 소속이 분명한데
조선 땅에 있는 조선 사람을 구속하는 걸 따졌다

안용복은 호키주 태수를 만날 것을 요청했다
요나고 성주는 술과 음식과 은괴를 주면서 환대
이번만은 울릉도와 독도를 잊어 달라고 했다

요나고에서는 안용복을 2달간 붙들어 두고
돗토리 성주인 호키주 태수에게
3회에 걸쳐 서신을 왕래했다

태수는 안용복 처리를 막부에 문의
막부는 울릉도는 조선의 땅이므로
안용복 일행을 나가사키로 이송하라고 지시했다

그러나 요나고에서는 막부의 지시를 따르지 않고
호송인과 의사를 붙여
돗토리성 아래 정회소에서 7일을 머물게 했다

안용복이 정회소에 머무는 동안
돗토리성 신하들의 주선으로
돗토리 성주인 태수와 면담이 이루어졌다

태수는 막부 관백 도쿠가와 쓰나요시의 재가를 얻어
울릉도와 자산도가 영구히 조선에 속한다는 서계를 주고는
나가사키 봉행소까지 호송하도록 했다

돗토리 성주는 지역의 영주로
호키주와 이나바주의 태수를 겸하고 있었는데
안용복 일행을 국빈 대접하여 가마에 태우고는

나가사키 봉행소까지 가는 23일 동안
호송인과 무사, 짐꾼과 의사, 요리사 등 10명을 붙여
육로를 통해 수행하게 했다[*]

[*] 김병구 외, 『내가 사랑한 안용복』, 대구한의대학교 안용복연구소·안
용복 장군 기념사업회, 2007.

쓰시마 도주의 수작

나가사키 봉행소에서
안용복과 박어둔을 인수인계받은 쓰시마 번
막부의 뜻과 다르게 범인 취급했다

에도 막부에서 울릉과 자산 두 섬을
조선의 영토로 정한 외교 문서인
서계를 받아 낸 것이 분명한데

쓰시마 도주가 서계를 빼앗고
중간에 위조하여
법을 어겨 함부로 침범한 것이다

안용복은 장차
막부의 관백에게 상소하여
쓰시마 도주의 죄상을 밝히겠다고 마음먹었다

안용복 일행은 5개월간 억류된 후
1693년 12월 10일
동래부사에게 인계되었다

동래부에 이송되면서 되돌아보니
3월 15일 동래를 출발
거의 9개월 만에 돌아온 것이다

돗토리성 아래 정회소에서 묵으면서
울릉도와 자산도가 조선의 영유라는 서계를 받아
23일간 나가사키까지 이동은 잘 했는데

나가사키 봉행소와 쓰시마유수 경비소
쓰시마섬과 부산 왜관에서 40일 등
모두 130여 일 연금된 것은 쓰시마 도주의 계략

쓰시마 번은 울릉도를 죽도라 칭하고
죽도는 일본 땅이므로
조선인의 출입을 막아 달라는 서계를 함께 보낸 것

같은 달 접위관 홍중하가
동래 왜관으로 내려와
왜국 사신 다치바나 사다시게(橘眞重)를 만났다

안용복은 서계를 탈취하고 에도 막부의 뜻을 왜곡한
쓰시마 번을 고발하려고 했으나
조정은 오히려 안용복에게 2년 형을 내렸다

다음 해인 1694년 2월에 홍중하는
다치바나 사다시게에게 잘못된 서신을 전달했다
"울릉도는 조선의 영토이며 죽도는 일본의 영토다."

영의정 남구만

숙종 20년인 4월
갑술년 갑술환국으로
조정은 남인 정권에서 소론 정권으로 바뀌었다

그해 여름
영의정 남구만은 동래 부사의 보고서를
임금에게 아뢰었다

"왜인이 말하기를
조선 사람은 왜의 땅 죽도에 들어오는 것을
금지해야 할 것이라고 했습니다."

이어서 남구만은 죽도 또는 의죽도가
조선의 울릉도를 가리키는 것이니
왜인의 말이 장차 큰 해독이 있을 것이라 했다

그것은 지난번 왜인에게 회답한 서계가
매우 모호해서이니 되찾아와
조선을 무시하는 방자함을 바로 책망하자고 했다

신라 때 울릉도를 그린 그림에도
나라 이름이 있고 토공을 바쳤으며
고려 태조에 섬사람이 방물을 바쳤다고 했다

조선 태종 때는 왜적 침입의 근심이 커서
안무사를 보내 유민을 데려오고
섬을 비워 두었으나

지금은 왜로 하여금 거주하게 할 수 없다며
조종의 강토를 남에게 주면 안 된다며
만주가 포함된 조선강역지도를 왕에게 올렸다

1694년 8월 왜국 사신 다치바나 사다시게가
지난 2월 홍중하에게 받아간 서계를 가지고 와서
울릉도에 관한 문구를 삭제해 달라 요구했다

이에 조정에서는
울릉도를 두고
신하들 간에 격돌이 벌어졌다

좌의정 목래성, 우의정 민암 같은 자들은
300년간 버려둔 빈 땅 하나를 두고 다투느라
이웃 나라와 의리를 끊어서는 안 된다고 주장했다

그러나 함경도관찰사를 했던 남구만은 달랐다
"나라의 땅은 하늘이 정해 준 것입니다.
대대로 전해 온 땅을 왜놈에게 줄 수는 없습니다."

대신들은 울릉도가 신라와 고려조 이래
여러 역사서에 쓰여 있는 조선의 영토임을 합의
일본의 간계에 적극 대처하기로 했다

접위관을 홍중하 대신 유일집으로 임명
동래 왜관으로 내려보내
지난번 일본에 보낸 서계를 회수하도록 했다

9월에는 유일집이 안용복에게 실상을 알아낸 후
왜국 사신을 꾸짖고
아래 내용의 국서를 왜관에 건넸다

"울릉도와 죽도는
한 개 섬에 붙여진 두 이름이다.
울릉도는 마땅히 조선의 영토다."

삼척첨사 장한상

한편 남구만은
장한상을 삼척첨사로 추천
울릉도에 파견해 사정을 살펴보게 했다

1682년 통신사를 따라
일본에 다녀온 적이 있는 장한상은
150명 일행과 9월 19일 울릉도로 출발했다

삼척에서 서풍이 곧바로 불어오면
축시에 출발
해시에 도착하는 거리

바람이 살살 불어 노를 저으면
하루 밤낮이 걸리고
바람 없이 노를 저으면 꼬박 이틀이 걸리는 거리

10월 6일 삼척으로 돌아와
사찰 내용을 「울릉도 사적」으로 써서
남구만에게 보고했다

남구만은 2년마다 수토관을 보내

영토를 지킬 것을 왕에게 건의

수토제도는 고종 31년 1894년까지 지속된다

에도 막부, 일본인 도항을 금지하다

조선이 쓰시마 번과 관계를 차단하자
쓰시마 번은 반발하며 새로운 국서를 요청했다
그러나 조선 조정은 일체 응하지 않았다

일본 에도 막부는 동래비장 안용복의 항의가
조선과 영토 영유권 문제였기 때문에
큰 부담이자 과제가 되었다

막부는 지난 74년간
오오야와 무라카와의 두 가문에게
죽도 도해 면허를 주어 어업을 하게 했던 것

그동안 두 가문은 아무런 간섭 없이
격년으로 다케시마와 마쓰시마에 도항하여
마치 두 섬을 점유하듯 영주 노릇을 했던 것이다

1695년 10월
대마도주 종의진宗儀眞이 막부에 들어가자
막부 집정이 명령했다

"다케시마는 바다 가운데 있어 일본은 멀고
조선은 가까우니 즉시 어선 왕래를 굳게 금지하고
이 뜻을 조선에 알려라."

그리고 12월에는
막부에서 돗토리 성주에게
7개 항목에 달하는 질의서를 보냈다

이에 돗토리성에서
7개 항목에 대한 회답을 보냈다
"다케시마는 이나마주와 호키주에 속하는 섬이 아니다."*

* 김병구 외, 앞의 책, 참조 재구성.

승려 뇌헌과 일본에 건너간 안용복

그러나 대마도주는 막부의 결정과 반대되는 내용을
사신 다치바나 사다시게를 통해
동래부사에게 서신으로 전했다

해마다 조선 어민들이
일본 죽도에 배를 타고 건너오는 것을
일본 지방관이 법령으로 금지하도록 했다고

이에 조선의 예조에서 회답했다
"비록 조선의 지경인 울릉도가
아득히 멀리 있지만 마음대로 왕래를 금한다."

일본은 죽도라고 하고
조선은 울릉도라고 표현한 것에 대하여
조선의 조정에서 논쟁이 계속되었다

조선의 정승들마저 일본과 우호 관계를 위해
말썽을 일으키는 울릉도를 버리자고 했다
대마도주의 간교임을 알아챈 안용복은 분노했다

일본의 조선 외교를 담당하던 쓰시마 번이
에도 막부의 명령을 왜곡하고 있다는 것을 안 남구만
다른 외교 노선 구축을 구상했다

울릉도와 오키도가 있는 톳도리 번을 통해
에도 막부와 외교 노선을 이어 보려 했다
남구만은 통정대부 안용복을 불러 밀지를 내렸다

안용복은 순천부 흥국사 주지 뇌헌을 찾아가
쓰시마 번의 비리와
남구만의 구상을 전했다

금오승장 뇌헌이 말했다
"호국이 곧 불법이고 불법이 곧 호국입니다.
마땅히 우리 의승 수군이 할 일입니다."

국가와 절이 둘이 아니며
몽고군과 왜적이 와서 불태웠지만
그때마다 의승을 조직해 전투에 참가한 흥국사

선주인 뇌헌이 구성해 놓은 승려
승담, 영율, 단책, 연습이 타고
속인 이인성, 김성길, 김순립, 유봉석, 유일부가 탔다

거기다 안용복 일행 3명이 편승해
모두 11명을 태운 배가
3월 11일 울산을 출발 15일 흥해에 머물렀다

25일에 영해에 도착하여
27일 진시인 오전 8시에 영해를 출발해
유시인 오후 6시 석양 무렵 울릉도에 도착했다

일행이 울릉도에 머무는데
간혹 일본 어선이 와서 어업 행위를 했다
안용복이 조선 해역이니 당장 물러가라 하자

일본 어선은 일본 영토 마쓰시마 가는 길에
통과한다며 되돌아갔다
안용복은 그들의 뒤를 추격했다

일본 어선이 자산도에 도착하자
안용복은 일본인 배에 올라가 부장품을 부수고
배 기둥에 선원을 묶자 모두 도망하였다

이번만은 일본 막부와 담판하겠다는 결심을 하고
5월 16일 자산도를 거쳐
20일에 오키섬에 도착 오키 번소에 들렀다

일행은 뱃머리에
'조울양도감세장신안동지기' 깃발을 내걸고
정승 관복을 입고 상륙했다

안용복은 3품관인 당상관 동지 의상을 갖추고
뇌헌은 승려이며 금오산 주인장이라고 소개하자
오키도주는 일행들에게 사신 예우를 했다

오키도주에게 말했다
"전에 내가 여기 와서 울릉도와 자산도가 조선 영토임을
서계까지 받았는데 일본이 약속을 어겼다."

안용복은 6월 4일 아카사키(赤埼)에 건너갔고
6일부터는 아오야(青谷) 센넨지(專念寺)에 머물다
14일에 가로(賀路) 토우겐지(東善寺)로 옮겼다

22일에는 톳도리 번 정회소로 이동했는데
톳도리 번은 2대의 가마와
말 9필을 내주어 영접했다

안용복은 일본인의 울릉도 왕래를 금지하겠다는
지난 약속을 지키지 않은 것을
호키주 태수 앞에 조선 〈팔도지리서〉를 펴 놓고 따졌다

태수는 울릉도와 자산도 해역을 침범한
일본인들을 처벌하고
다음과 같은 외교 문서인 서계를 써 주었다

"두 섬은 이미 조선에 속했고
다시 침범하는 자가 있거나
대마도주가 함부로 침범할 경우 엄벌에 처하겠다."

안용복 일행의 톳도리 번 방문을 보고받은 막부
6월 23일 조선인의 소원을 처리할 것을 지시하고
24일에는 나가사키 봉행소 이송을 지시했다

에도 막부는 상선은 나가사키를 통해서만
안남, 샴, 루손, 통킹, 캄보디아를 오갔고
명이나 조선은 오가지 못하게 했다

명은 일본인 도항을 아예 금지했고
조선은 쓰시마 번을 통해
외교와 무역을 담당하도록 했던 것

그런데 막부는 7월 24일 갑자기 내용을 바꾸어
나가사키와 쓰시마를 거치지 말고
오키섬을 경유 직접 조선으로 돌려보내라 했다

안용복 일행은 가로에서 오키섬과 독섬
독섬에서 울릉도를 거쳐 양양으로 귀국했으나
강원 감사는 월경죄로 검거 비변사에 넘겼다

지일파인 영의정 유상운을 비롯한 대신들은
범월죄를 물어 사형을 주장했다
그러자 남구만이 후임 영의정에게 편지를 썼다

쓰시마 번이 비리가 심해
막부의 명과 달리 울릉도 영유를 주장한 사실이
안용복의 정보로 발각되었으며

위급할 때 쓸 만한 인물이니
사면해 달라는 요구 내용
유상운의 간언으로 숙종은 용복을 유배형으로 사면했다*

안용복은 유배를 떠나며 이렇게 말했다
"내 몸이 죽어서라도 우리 땅을 찾으려는 것인데
귀양쯤이야 달게 가겠다."**

숙종 23년 1월
대마도에서 왜국 사신이
막부 관백의 명을 가지고 찾아왔다

왜국 사신은 이렇게 말했다
"죽도를 조선의 영토로 인정하고
일본인의 출입을 금지하였습니다."

 * 권오엽, 앞의 책, 314−321쪽 내용을 재구성.
 ** 김병구 외, 앞의 책, 참조 재구성.

영조, 울릉도 책자를 만들다

숙종 25년 7월
강원도 월송만호 전회일이 울릉도를 수토하고
지도와 토산물을 바쳤다

숙종 28년 5월
삼척영장 이준명이 울릉도를 수토하고
지도와 토산물을 바쳤다

숙종 31년 6월
울릉도 수토 후 돌아오는 길에
평해 군관 16명이 익사하여 국장으로 장례하였다

숙종 34년 2월
부사직 김만채가 울릉도에 진을 설치하자며
상소했으나 받아들이지 않았다

숙종 43년 3월
강원도 관찰사 이만견이 흉년을 이유로
한 해 동안 수토를 멈출 것을 건의 받아들였다

영조 2년 10월
강원도 유생 이승수가 울릉도에 변장을 두고
주민을 모아 경작하자고 상소했으나 받아들이지 않았다

영조 11년 1월
강원도 관찰사 조최수가 흉년을 이유로
울릉도 수토 정지를 건의했으나 받아들이지 않았다

영조 45년 10월
영의정 홍봉한의 건의로
문적을 널리 모아 울릉도에 관한 책자를 만들었다

제조 원인손에게 명하여
삼척영장을 지낸 자와 더불어
울릉도 지형과 물산을 그리게 하였다

정조 11년 7월
울산 어부 14명이 울릉도에서 전복과 향나무
대나무를 싣고 돌아오다 삼척 포구에서 잡혔다

울릉도에 도착

오후 6시쯤
배가 울릉도에 도착하기 직전
평해 노인은 이렇게 말했다

"이렇게 순한 바람 불고 맑은 날
울릉도에서 동쪽으로 독섬이 보인다네.
조선의 섬이니 배로 가서 보고 오시게."

노인은 독섬에 나무가 없지만
미역과 전복이 많이 나고
강치가 바위에 올라가 노래한다고 했다

평해 노인은 친구를 찾아 숲속으로 사라졌다
계주는 일행들과 작은 황토 언덕인
소황토구미 포구에 초막을 지었다

미역을 따고 전복을 주워 말리는데
하루는 산에서 포구로 내려온
평해 노인이 말했다

"울릉도에서 꼭 배를 만들어 가게.
이곳은 삼나무와 참나무
대나무가 많아 배를 만들기에 좋다네."

계주는 영종도에서 끌고 온 배를 땅에 올려
묵은 목정을 새것으로 바꾸었다
배의 수명을 연장시키는 방법이었다

배 밑에 달라붙은 따개비를 떼어 내고
배가 썩지 않게 관솔 불로 그을려
충해를 방지했다

영종에서 가져온 배를 수리하면서
한쪽에서는 가져온 배와 똑같은
배 한 척을 만들었다

삼나무와 참나무를 베어
몸체를 만들고
큰 대나무를 베어다 돛을 세웠다

울릉도를 돌아보다

계주는 울릉도 구석구석 지형과
물길을 익히려고
이곳저곳 뭍으로 물로 돌아다녔다

해안의 가파른 벼랑과
온갖 짐승을 닮은 바위들
돌로 덮은 옛 무덤과 바다와 산신을 모시는 당집들

암벽에 자라는 천 년을 산 향나무
숲을 이루고 있는 섬댕강나무와 너도밤나무와
섬잣나무와 솔송나무들

바닷가 후박나무 군락과
우산고로쇠와 꽃이 하얀 눈송이처럼 매달린
마가목 군락

군락을 이룬 산마늘과
섬노루귀와
이름을 알 수 없는 들꽃 군락

나리꽃이 지천인
그래서 동리 이름을
나리동으로 이름 붙였을지도 모르는 나리동

귀가 찢어질 듯
고양이 소리를 내는 괭이갈매기와
구구구 낮은 목청으로 짝을 찾는 흑비둘기

장수풍뎅이가 보이고
이곳저곳 포구와 산기슭 초막 주변 바위에
미역과 전복이 꼬들꼬들 마르고 있다

계주는 가을 북서풍이 불기 전
배 두 척에 마른 미역과 마른 전복과 향나무
이런 특산물을 가득 실어 영종 상인에게 보냈다

검찰사 이규원 일행이 오다

1.

1882년 4월 30일 저녁
이규원 일행은 소황토구미에 도착했다
검찰사로 임명된 지 거의 한 해 만이다

조선은 1664년 숙종 때부터
남구만의 건의로 울릉도 수토제도를 만들어
관리를 보냈는데

울릉도를 돌아보고 오라고 하면
대부분 관리들은 몸이 아프다고 하거나
잠시 휴직을 했다

그래서 조선의 중앙 행정력이
쉽게 닿지 않던
울릉도와 더 멀리 있는 독섬

조정은 울릉도에 보내는 관리에게
황토구미에서 나는 시뻘건 황토와 향나무를
순찰 증거물로 가져오도록 했다

멀리서 관리들을 실은 배가 들어오자
포구에 초막을 치고 있던 사람들은
두려움 반 안도감 반으로 맞았다

관리들이 탄 배 3대가 포구에 닿자마자
계주는 바위와 아름드리 팽나무에
밧줄을 묶고 검찰사에게 자신을 알렸다

"소인은 영종인 배계주입니다
격군 15명을 데리고 와
배를 만들고 미역을 따고 있습니다."

2.
배에서 내린 일행은
감찰사, 중추원도사, 군관, 수문장, 화원을 비롯
사공과 격군 모두 82명과 포수 20명이었다

거주민들은 감찰사 일행이 묵도록
포구 주변 초막 여러 채를 비웠다
깨끗한 계주의 초막에는 감찰사가 묵었다

가까운 포구에서 김재근이 와서 알렸다
"소인은 전라도 흥양 삼도에서 왔습니다.
격군 23명과 배를 만들며 미역을 따고 있습니다."

감찰사가 물었다
"조정에서 섬에 들어오지 말라고 해도
백성들이 들어오는 이유가 뭔가?"

김재근이 머뭇거리자 계주가 대답했다
"울릉도는 백성들이 먹고 사는 삶의 터전이니
어쩔 수 없는 일입니다."

산이 많고 농경지가 부족한 동해안과
큰 나무가 부족한 남해안 백성들은
고기잡이와 나무를 베어 생활했다

그렇기 때문에
풍부한 숲과 해산물이 나오는 울릉도에
엄벌을 무릅쓰고 출입했다

거기다 조정이
수토정책을 올바로 펴지 못하고 있으니
일본인들이 수시로 들어와 벌목을 해 갔다

3.
이때 바람이 불고 물결이 크게 일어
배를 묶어 놓은 밧줄이 끊어질 듯했다
군졸과 격군들이 모두 달려가서 단단히 묶었다

군졸 일행이
육지에서 실어 온 돼지를 바닷가로 들고 가
목을 따고 털을 뽑았다

계주를 앞세운 관리들 뒤에
제물과 털 뽑은 빨간 통돼지를 들고 따라가는
군졸 일행들

해변 암벽을 100보쯤 지나
계곡 갓길 암반 사이에
정남향으로 자리잡고 있는 산왕각

바위에 뒷벽을 의지하고
나머지 삼면을 주변 돌로 쌓은 신당이다
'동해대신 신위' '산왕대신 신위'가 있다

통돼지와 대추와 밤과 곶감을 놓고
산적과 오징어 부침개와 문어와
메 한 그릇을 올렸다

섬에서는 구하기 어려워
평해에서 묵으며 준비한 제물들
맨 먼저 검찰사가 술과 절을 올리고 축문을 읽었다

"유- 세차- 임오년 오월- 초하루 검찰사 이규원과 중추
원도사 심의완, 군관 서상학, 수문장 고종팔, 화원 유연호
등 사공 및 격군과 포수들 삼가 맑은 술과 여러 가지 음식으
로 동해 바다를 다스리는 동해대신과 울릉도 산을 다스리는
산왕대신께 공경히 제사를 드리나이다. 부족한 신하를 비
롯한 102명은 3척의 배에 나눠 타고 임오년 4월 7일 임금의
명을 받들어 바다를 건너와 울릉도에서 바다와 산을 둘러보
려고 합니다. 우리는 온화한 바람과 비와 물결을 염원하옵

니다. 성난 바람과 비와 물결에는 우리의 목숨이 털끝과도 같습니다. 동해대신과 산왕대신께서는 백성의 안위를 돌보고자 하는 우리의 염원에 감응하시어 우리의 행로에 바람과 비와 파도를 잠재워 주시기를 간곡하게 빕니다. 우리의 간절한 염원을 모으고 깨끗한 마음으로 정성을 다해 음식과 술잔을 올립니다. 우리의 소원을 들어주소서. 바다와 산을 돌아보는 동안 항상 보살펴 주실 것을 이렇게 간곡히 동해대신과 산왕대신께 비오니 감응하여 주시옵소서. 우리가 바치는 깨끗한 술을 흠향하여 주시옵소서. 상향"

기도가 영험이 있었는지
제를 지내는 동안 바람이 자고
파도가 가라앉았다

4.
검찰사 일행이 온 지 두 번째 되는 날부터
일행과 산행을 시작했다
계주가 앞장서서 길잡이를 했다

고개 넘어 대황토구미에 이르렀는데
길가에 넓은 돌로 덮어 놓은
옛사람들의 돌무덤이 즐비하다

개울물 따라 포구에 이르니
천막을 치고 있는 사람들이 보인다
계주가 아는 사람들

최성서가 검찰사 앞에 와서 아뢰었다
"평해인 최성서입니다.
격졸 13명과 천막을 치고 미역을 뜯고 있습니다."

봉우리가 높아 하늘을 찔렀다
종일 산길 30리를 걸었는데
나무가 해를 가리고 숲속 길이 실낱같았다

일행은 바다 안개에 옷을 적시며
초막으로 돌아와 자고
다음 날 또 산을 오르기로 했다

5.

다음 날 천년포를 지나 왜선창에 이르렀을 때
계주가 말했다
"이곳이 왜선창입니다."

검찰사가 놀라서 말을 했다
"왜선창이라니?
어찌 조선 땅에 왜선창이라는 이름이 있느냐?"

계주는 대답했다
"왜인들이 오래전부터 이곳에 배를 대고
나무를 베어 배를 만들어서 붙은 이름입니다."

일본인들은 배를 만드는 것뿐만 아니라
고기를 잡고
귀한 나무들을 도벌해 배로 가져갔다

울릉도를 지키는 병사가 없어
도벌이 수없이 행해지고 있는 것이
도를 넘었다

배를 만들던 사람이 와서 머리를 조아렸다
"전라도 낙안인 이경철입니다.
격졸 12명을 데리고 배를 만들어 팝니다."

"저는 전라도 흥양 초도에 사는 김서근인데
격졸 19명과 같이 왔습니다
배를 만드는 대로 돌아갈 예정입니다."

6.
울릉도 최고봉인 성인봉
일행은 칡덩굴과 풀을 움켜잡으며 올랐다
한 시간쯤 올랐을까

산꼭대기에서 사방을 내려다보니 망망대해
어부들이 독섬이라고 부르는 바위섬이
깨끗한 수평선에 걸려 햇빛에 반짝이고 있다

고대 울릉도인들은
저 반짝이는 독섬 위로 떠오르는 태양을 향해
태양이 작열하는 7월 한여름에 태양제를 지냈다

봉우리 가까이 내려다보면
여러 개의 봉우리가 둘러싼 나리동이
하늘이 감춘 별세계와 같다

성인봉 동쪽으로 내려가니
초막이 보인다
약초를 캐는 함양인 전석규가 거처하는 곳이다

토산물을 모르는 것이 없다는 전석규에게
검찰사가 물었다
"울릉도 토산품들은 어떤 것들이 있는가?"

"저는 약초를 캡니다만
다른 것들도 잘 압니다.
최고의 토산품으로 자단향이 있습니다."

전석규는 이어서 오동나무와 섬잣나무
동백과 황백과 뽕나무와 감나무와 후박나무
홰나무와 노송나무가 있다고 했다

마가목과 노가목
박달나무와 단풍나무
닥나무와 모시풀인 저포가 있고

산삼과 맥문동과 황정과 전호
현호색과 위령선과 백합과 멧두릅과 남성이 있고
속새와 관중과 복분자와 산머루가 있다고 했다

7.
전석규에게 저포 가는 길을 물어
거의 네발 달린 짐승처럼
산 등줄기를 기어 저포에 도착했다

동쪽으로 땅이 열린 곳인데
밭에 심은 저포가 우거져
수십 고랑이나 되었다

날이 저물자 하늘에 별만 보이고
길을 분간할 수 없을 만큼 깜깜했다
일행은 숲에서 노숙을 했다

8.
계주가 길잡이를 한 지 5일째 되는 아침
큰 고개 넘어
도방청포에 이르렀다

작고 낯선 배 한 척이
포구에 정박하고 있었다
사람을 보내 통고한 후에 막사로 들어갔다

일본인 7명이 문을 나와서 영접했다
계주가 일본말을 약간 할 줄 알아 통역하다가
막히는 부분은 글을 써서 문답을 했다

검찰사가 물었다
"너희들은 일본인인데
언제 섬에 들어와 무슨 일로 판잣집을 지었느냐?"

"우리는 일본 사람이오.
동해도, 남해도, 산양도에서 온 사람들인데
2년 전부터 들어와 벌목을 했소."

4월에 이곳에 와서
벌목을 하고 있다는 일본인들은
울릉도가 조선 영토임을 전혀 의식하지 않았다

검찰사가 말했다
"벌목을 한 나무는 어디에 사용했느냐?
너희 정부의 도해 금지 명령을 듣지 못했느냐?"

일본인들이 말했다
"일을 하는 저희는 어디에 사용하는지 모르고
도해 금지 사실도 모릅니다."

다른 일본인이 말했다
"저희는 남포 규곡에 표목이 있어서
이곳이 일본 송도로만 알고 있습니다."

검찰사가 화가 나서 말했다
"표목이 있다고?
어찌 다른 나라 땅에 표목을 세운단 말이냐?"

"저희들은 올해 처음 여기 와서
전후 사정을 알 수 없으니
본국에 있는 사람에게 말씀하십시오."

검찰사가 말했다
"너희들 성명과 주소를 알고 싶으니
종이에 모두 적어라."

일본인들은 이름과 주소를 적었다
울릉도에 건너와 있는 일본인들이
모두 78명이나 됐다

검찰사가 물었다
"너희가 사는 동해도, 남해도, 산양도는
여기서 뱃길로 얼마나 되는가?"

왜인들이 대답했다
"동해도는 6천 리이요, 남해도는 2천 5백 리이며
산양도는 1천 5백 리입니다."

9.
길잡이 노릇 6일째 되는 날
장작지포에서 통구미로 향하는데
과연 일본인이 세운 표목이 서 있었다

길이 6척 너비 1척쯤 될까.
이렇게 쓰여 있었다
'대일본국 송도 규곡 명치 12년 2월 13일 암기충조건지'

검찰사가 말했다
"과연 왜인들과 문답한 것과 같구나.
어서 손을 써야겠다."

큰 고개를 하나 넘으니
오래된 느티나무가
하늘을 가리고 서 있었다

낙엽이 무릎까지 빠지는
절벽 위로 난 길을 걸어
길이 끊긴 숲속을 한참 헤매었다

그러다가 3리가량 험한 길을 걸어
통구미포에 도착했다
바다는 끝이 없고 기이한 암석이 첩첩했다

10.
초막에서 자고 난 9일째 되는 아침
배를 타고 서쪽으로 10여 리를 가서
향나무가 많은 향목구미에 도착했다

향목구미는
바다에서 솟아오른 절벽이
형형색색 괴기했다

배를 타고 대황토구미를 거쳐
대풍구미와 흑작지와 왜선창을 지나는데
검찰사가 풍경에 감탄하며 시를 읊었다

"마늘을 닮은 산봉우리
큰 바위가 우뚝 솟아 모서리를 이루었구나
층을 이루며 바다로 떨어지는 폭포는

얼마나 아름다운가

일행이 죽암 아래쯤 왔을 때
날이 저물어
천막을 치고 별과 풀벌레 소리를 덮고 잤다

11.
일행은 열흘째 되는 날 배를 타고
도방청과 장작지와 통구미와 흑포에 갔다가
다시 통구미로 돌아와 산막동 포구를 지났다

해는 서쪽으로 기울고
파도가 갑자기 일어
배에서 내려 소황토구미 초막에서 묵었다

열하루가 되는 아침
일행은 산신당에 가서 기도했다
동풍이 점점 일자 배 세 척에 돛을 달았다

그러나 다시 파도가 일어 출발하지 못했다

검찰사는 배계주를 초막으로 불러
섬의 이곳저곳을 묻고 적었다

계주는 조정에서 울릉도를 비워 두면
일본인들이 이곳 산물을 모두 가져갈 것이고
결국 울릉도를 잃어버릴 것이라고 했다

울릉도에는 전라도인 115명
강원도인 14명과 경상도 11명
경기도 1명이 살고 있는데

전라인들은 대부분 배를 만들거나
미역이나 전복을 따며 생활하고 있었다
그 외 지역 사람들은 약초 캐는 일을 주로 했다

검찰사 일행이 떠나다

13일 아침 10시
순한 동풍이 불자
검찰사 일행을 태운 배들이 돛을 올렸다

검찰사가 배에 오르기 전 계주가 말했다
"백성을 이주시키면
일본인들 침입을 막을 수 있을 것입니다."

이규원, 왕에게 복명하다

고종 19년 6월 5일
울릉도 검찰사 이규원이
왕 앞에 나아가 복명했다

고종이 물었다
"만약 땅을 개척한다면
백성들이 쾌히 따르겠는가?"

"그렇습니다.
뱃사람이나 채약 상인들에게 물어보니
따르겠다는 사람들이 많습니다."

"다행이로다.
그곳에 들어간 백성들은
어떻게 생계를 하고 있던가?"

"전라도인이 가장 많은데
전부 배를 만들거나
미역을 따고 전복을 줍고 있었습니다."

고종이 물었다
"타도 사람들은 약초를 캐고 있다고 썼는데
과연 그런가?"

대답하기도 전에 이어서 고종이 말했다
"왜인이 표목을 세우고 송도라고 했다는데
저들에게 말하지 않을 수 없구나."

이규원이 말했다
"송도라고 말하는 것은
이전에 양국이 서로 다투면서 쓰던 지명입니다."

고종이 말했다
"일본공사 외무성에
항의 편지를 보내지 않을 수 없구나."

고종은 1881년에 이어 1882년
총리대신을 통해
일본 정부에 강경하게 항의토록 했다

영의정 홍순목

1882년 8월
영의정 홍순목이 건의했다
"울릉도를 개간해서 백성이 살게 해야 합니다."

홍순목은 백성을 모아 개간하고
5년이 지난 후에 세금을 정해 주면
점차 마을을 이룰 수 있을 것이라고 했다

호남과 영남 조운선을 보내 재목을 실어 나르고
배를 만들도록 허락하면
많은 사람들이 모일 것이라고 했다

관리하는 사람이 없으면
잡다한 폐단이 생길 것이니
도장을 두어 관리하자고 간청했다

고종은 검찰사 이규원과
영의정 홍순목의 건의를 받아들여
울릉도를 개척하기로 했다

김옥균을 동남제도개척사로 임명하다

고종 20년인 1883년 3월 16일
젊고 혁신적인 관리 김옥균을
'동남제도개척사 겸 포경등사사'에 임명했다

김옥균은 평소에 울릉도 개척과
임업과 어업 개발을 주장해 온 개화파
우두머리

김옥균에게는
울릉도를 개척하는 것 외에
고래잡이하는 일도 하게 했다

더하여 조선의 동남쪽 해안
각 고을을
두루 살펴보게 했다

그 아래 백춘배를 종사관으로 임명
울릉도 개척 사업을
적극적으로 추진했다

울릉도 첫 이주민

고종 20년인 1883년 4월
울릉도에 첫 이주민 16호 54명을 실은
선박 4척이 사공 40명과 함께 돛을 올렸다

강원도관찰사는
개척에 필요한 물자들을 준비하고
곡식 종자들을 준비했다

벼 20석과 콩 5석과 조 2석과 팥 1석
철근 40근과 가마솥 2좌와
사기그릇 6죽과 수저 30개

돗자리 3죽과 무명베 5필과 삼베 5필
삼 신발과 짚신 각 5죽과 항아리 5좌를 준비하고
목수 2명과 대장장이 2명을 배에 태웠다

거기다 튼실한 종자소 암수 각 1마리를 싣고
백성을 보호하기 위한 무기도 실었는데
일본인들이 무기를 가지고 들어오기 때문

총 3자루와 탄환 300발
창칼 각 4자루와 화약 3근과 화승 50발
군사용 작은 구리 솥인 동로구 2좌를 실었다

음력 4월 초파일 강릉에서 출발한 개척민들은
바람이 앞에서 불어온 탓에
4일 만에야 현포동에 어렵게 도착했다

이주민이 목적지에 도착은 했으나
강릉을 떠날 때 가져온 씨앗들 모두
바닷물에 젖어 못 쓰게 되었다

이미 육지에서 건너와 둥지를 틀고 있는
2가구 역시 씨앗이 없어
매일 산에서 칡을 캐 먹고 있었다

바다에서 소라를 잡고 생복을 잡고
문어를 잡아야 했다
미역을 따고 김을 뜯어 끼니를 때웠다

육지에 나가고 들어오는 배를

연장도 없이 만드느라

손이 굽고 무릎이 터졌다

첫 울릉도장 임명

첫 울릉도 도장은
검찰사 이규원의 추천으로
오래전에 들어와 사는 전석규를 임명했다

그래서 울릉도 개척 행정 체계는
동남제도개척사 겸 포경등사사에서 강원도관찰사
그 아래 평해군수에서 도장으로 내려오는 것

울릉도 도민들은
현지 사정에 밝은 전석규를
전생원이라 불렀다

생원은 조선 후기
나이 많은 시골 지식인에게 붙여 주는
존칭어였다

두 번째 개척민들이 내리다

같은 해 7월
두 번째 들어온 개척민들이
울릉도 이곳저곳 포구에 흩어져 집단으로 내렸다

대황토포에는 식구들을 거느린
경상도 안의인 장덕래와
강릉인 김연태 이회영 황수만이 내렸고

곡포에는 혼자 온 사람들이 내렸는데
김포인 배경민과 경주인 송경주와 김성언
선산인 윤과열과 연일인 변길량이다

추봉에는
울진인 전재항이 일곱 식구를 데려왔고
서른 초반의 안동인 주진현이 혼자 내렸다

현포동에는
일흔이 된 울진인 정직원이 일곱 식구를
여든두 살 강릉인 최재흠이 일곱 식구를

그리고 강릉인 홍경섭이 여덟 식구와 내리고
서른 후반의 충주인 조종항은 혼자였는데
무슨 사연인지 과부 이 씨 모녀를 데리고 내렸다

전석규를 파면하다

고종 21년인 1884년 1월
동남제도개척사 김옥균은
도장 전석규의 비리를 발견했다

일본인과 담합해 울릉도 목재를 일본으로 반출
돈과 쌀로 바꾼 사실을
일본에 차관을 얻으러 가는 길에 안 것이다

전석규를 압송 조사해 파면한 후
3월에는 통리군국사무아문에서
삼척영장이 울릉도첨사를 겸하게 했다

6월에는
통리군국사무아문에서 평해군수가
울릉도첨사를 겸하게 했다

청년들이 주도한 정치 변란이

1884년 12월 4일 한성에서는
개화 정책을 요구했던 김옥균을 비롯한
청년들이 주도한 정치 변란이 일어났다

지난 1882년 수신사 사절단으로 일본에 갔던
김옥균은 메이지유신을 관심 있게 보았고
조선 사회 개혁을 주장해 왔다

그러나 청나라 군대가 개입하면서
개혁은 3일 만에 실패로 끝났고
김옥균은 제물포항을 통해 일본으로 망명했다

김옥균은 망명 중에도 고종에게 상소문을 보내
신분제 폐지와
조선의 중립국화를 주장했다

그러나 조선에 남아 있던
김옥균 일당의 부모와 조부모와 처와 자식
나이 어린 손자까지 처형되었다

조선 사회를 바꾸어 보려는

청년들 가족까지 멸하는

조선의 야만스런 통치 방식에 주변국들은 놀랐다

평해군수와 월송만호

조정은 고종 22년
심의완을 평해군수로 임명하고
울릉도첨사를 겸임하게 했다

고종 24년에는
박태원을 평해군수 겸
울릉도첨사로 임명했다

고종 25년 2월 6일
내부가 고종에게 요청했다
"울릉도에 도장을 다시 설치해야 합니다."

바닷길 요충지에 만호진을 신설
월송진 만호가 울릉도장을 겸하게 하고
울릉도를 왕래하며 검찰하게 하자는 것

고종이 흔쾌히 말했다
"그게 좋겠다.
내부는 월송만호가 울릉도 도장을 겸하게 하라."

첫 울릉도장에
월송만호 겸 울릉도장에
서경수를 임명했다

고종 25년인 1888년 3월 2일
소야리 10통 10호 305번지에서
계주의 장남 준식俊植이 태어났다

고종 27년
평해군수 양성환을
울릉도첨사로 겸임하게 했다

같은 해 다시 이종인을
서경수의 후임 월송만호로 임명하여
울릉도장을 겸임하게 했다

배계주, 이주를 결심하다

계주는 울릉도 이주를 결심하고
초막을 곡포로 옮겼다
미역을 따서 말려 영종도로 보내는 일을 했다

어느 날 사람이 계주를 찾아왔다
"저는 오래전 이곳에 들어온 구심언입니다.
울릉 인구가 날로 늘어 200호나 됩니다."

그는 울릉도인들의 생계가 어렵다고 했다
계주는 약초를 뜯거나 토지를 개간하는 것도 좋지만
물고기를 잡고 미역 채취를 권유했다

강릉포구 가서 미역을 팔다

1892년 어느 날
계주는 배에 마른 미역을 가득 싣고
강릉의 한 포구에 배를 대었다

미역을 내리는데
강원도 감영에서 나온 관리가 나와 물었다
"어디서 이런 미역을 가지고 와서 파는가?"

"울릉도에서 싣고 오는 것입니다.
저는 울릉도 개척민이어서
미역을 판매할 권리를 갖고 있습니다."

"이름이 뭐냐?
감영을 통해
통리교섭기무아문에 보고해야 한다."

"영종도에서 울릉도에 이주한 배계주입니다.
10여 년 전 울릉도에 들어가
배를 만들고 미역과 전복을 땁니다."

대원군의 구휼 명령

울릉도는 바위 비탈이어서
땅에 물이 고이지 않아 농사가 잘 안되니
자연재해로 굶어 죽는 사람이 생겨났다

바닷가에 살면서도 농사일을 하면서
뱃일하는 사람을 뱃놈이라고
천하게 여기는 오래된 문화 탓이었다

울릉도 개척민들 200가구가
굶주림과 추위에 떨고 있다는 소식이
조정에까지 들어갔다

고종의 뒤에서 섭정하던 대원군이 말했다
"궁벽한 섬에서 개척하는 백성들이
배고픔과 추위를 겪고 있다고 한다."

대원군은 울릉도 개척민들은
변방을 지키는 병사와 같으니
쌀 200석을 가지고 가서 구휼하라고 했다

부자가 되어 떠난 검찰관

1892년 2월
조정은 선전관 윤시병을 검찰관으로 임명
쌀을 가지고 가서 울릉도 인민을 구제하게 했다

역졸과 하인과 기생과 노비를 거느리고 온
윤시병은 이렇게 말했다
"백성들이 기아에 시달리는 것은 어사의 책임이다."

윤시병은 집마다 쌀 한 말씩을 나누어 주었다
그러나 올해 섬에 들어온 사람들에게는
쌀을 나누어 주지 않았다

쌀을 주지 않는다고 항의하는 인민들에게
선전관은 이렇게 말했다
"너희는 육지에서 쌀밥을 많이 먹지 않았느냐!"

돈으로 벼슬을 팔고 사는
썩어 빠진 조선 후기는
망국으로 치닫던 매관매직 시대

대부분 관리들은
이런 식으로 조정을 속이며
자신의 배를 불려 갔다

조정에서 보낸 선전관 윤시병은
백성을 구휼하라고 한 쌀을 남겨
배를 만드는 비용과 하인들 식량으로 충당했다

가구당 미역 한 다발과 김 5장씩 상납하되
약초를 캐거나 농사만 짓는 사람은
미역과 김을 사서 상납하도록 했다

또 자신이 울릉도 도장의 상관이라며
도장에게 줄 것을 모두 빼앗아
새로 만든 배와 전라선 한 척에 가득 싣고 떠났다

조갈고리라는 별명

월송만호가 울릉도장을 겸한 지
몇 년 뒤인 고종 29년
평해군수 조종성이 옛 제도로 돌아가

예전처럼 평해군수와 월송만호가
3년마다 번갈아 가면서 울릉도를 수검했듯
평해군수도 도장을 겸하게 해 달라고 청원했다

조정은 이를 받아들여
고종 30년 평해군수 조종성을
울릉도 수토관에 임명하여 파견했다

평해군수와 월송만호가 번갈아
울릉도장을 겸하게 하고
평해군수가 울릉도첨사를 겸하여 검찰하게 했다

군수 겸 첨사, 만호 겸 도장이
교대로 울릉도를 수색하고 검색하면서
행정체계가 부패 사슬로 얽혔다

평해군수 조종성이 울릉도장을 겸하면서

금석金石을 가리지 않고 거두어 갔으니

도민들은 그에게 조갈고리라는 별명을 붙여 주었다

한성, 1893

광서 19년인 1893년 1월
계주의 아버지 현구가 90세가 되어
고종황제로부터 교지를 받았다

"통정대부 행 돈녕부 도정 배현구는
나이 90세로 임금의 전교에 따라 가자한다"는
어머니 "유인 김씨를 숙부인에 봉한다"는 내용이었다

도정은 정3품 당상관
돈령부에 각 1명의 정원이 있었고
종실과 왕친과 외척에 관한 사무를 맡아보는 관직

아버지를 모시고 한성에 다니러 가서
약초밭이 많은 서소문 밖 약현에 들러
빨간 벽돌로 성당을 짓는 모습을 구경했다

동학, 정부와 일본이 가장 두려워하는

1892년과 1893년
동학도들이 교조 최제우 신원 운동과
척왜척양을 내세우며 시위가 이어졌다

1894년 1월 전라도 고부에서
농민들이 가렴주구에 못 견디고 봉기했다가
5월 전주 화약을 맺고 해산했다

10월 다시 농민들이 봉기했는데
조선 팔도 동학도들에게
총동원령을 내렸다

지방 지식인과 농민들로 구성된 동학은
정부가 가장 두려워하는 저항 세력이 되었고
야욕이 있는 일본도 두려워했다

파란 눈의 여행자

1894년 6월 미역을 싣고 영종도에 갔다가
제물포에서 파란 눈을 한
외국인 오스트리아 여행자를 만났다

파란 눈의 여행자가 말했다
"조선은 망국의 길을 걷고 있습니다.
일본이 야금야금 침입을 하고 있는 것이 보입니다."

총칼로 무장한 일본군이
길거리를 활보해도
조선인들은 밭에서 평화롭게 일을 하고 있는데

일본군보다 조선 관리들이
인민들에게 더 심각한 피해를 끼치고 있어
조선 관리들은 도둑이나 다름없다고 했다

백성을 뜯어먹는 관리들이야말로
조선의 몰락과
가난의 가장 큰 원인이라고 했다

조선은 너무 부패해 있고
군대는 너무 약해서 이웃 일본과
대등하게 싸울 수 있는 힘이 없다고 했다

조선의 사법 조직은 문서상으로만 그럴 듯
실제로는 백성을 조직적으로 약탈하는
억압 도구라고 했다

수도 방위와 왕궁 감시를
일본군이 맡고 있고
왕과 대신은 사실상 일본군의 포로라고 했다

조선은 한때 이웃 나라보다 앞섰지만
수백 년 동안 정체되어 있어
현명한 정부가 되어야 한다고 주문했다

배계주, 첫 전임 도장이 되다

1895년 1월 29일
울릉도에 전임 도장을 둘 것을
내무대신 박영효가 조정에 건의했다

울릉도 수토정책을 정부가 이미 폐기했으니
월송만호가 겸하던 도장을
별도 임명하자고

매년 수차례 배를 보내
도민의 질고를 살피게 하자고 했다
그리고 배계주를 첫 도장으로 임명했다

도장 대신 도감을 두기로 하다

도장을 두기로 하고
한 해도 지나지 않은
그해 8월 16일

내부대신 박정양이 조정에서 건의했다
도장 대신 도감을 두어
울릉도 사무를 총괄하도록 하자고

박영효는 계주를 적합한 인물로 추천했고
조정은 1895년 9월 20일
계주를 첫 울릉도감으로 정하고 판임관 대우를 했다

계주는 일본말을 알고
일본 법을 어느 정도 알았기 때문에
울릉도 도민들은 다행으로 여겼다

밀수출하는 일본인에게 벌금을 물리다

계주가 전임 도감이 되기 전인 8, 9년 전부터
일본인 예닐곱 가구 살고 있었는데
나가사키 어선 두 척이 어촌을 심하게 약탈했다

이때부터 마을 사람들은
생업을 포기하고 매일 해안가에 모여
주야로 지켜야 했다

때마침
배계주가 전임 도감이 되니
모두들 좋아했다

울릉도에 전임 도감을 두었다는 소문은
바다 건너 일본에까지 났다
그러나 일본인에게는 반가운 일이 아니었다

어느 날 일본인들이 찾아왔다
시마네현 평민 기무라 게이치로와
돗토리현 평민 이시바시 유자부로였다

계주는 울릉도에 들어와 있는
일본인들을 다루는 데
찾아온 두 일본인을 이용하기로 했다

"울릉도는 외국인과 무역을 허락하지 않은
미개항장이니
일본인들에게 벌금을 물려야겠소."

두 일본인은
일본인 1인당 금 150엔円 이상
500엔円 이하가 좋겠다고 자문을 했다

"돈을 걷는 것은 두 분이 해 주시오,
벌금 미납자는 즉시 울릉도에서 물러갈 것을 명령하고
재산을 몰수할 것이오."

러시아가 산림채벌권을 강탈하다

1896년 9월 9일
러시아가 조선의 두만강과 압록강 유역
그리고 울릉도 산림벌채권을 요구했다

기울어 가던 청과 협상한 러시아가
러시아 상인 브린너(Brynner, Y. I.)에게
벌목 특허를 준 것

또 러시아는 세계열강의 쟁탈장이 된 청나라를 속여
만주에 철도를 부설하고
철도를 지킨다는 이유로 군대를 파견했다

그러자 독일 프랑스 영국 미국은
러시아 군대가 만주 지역에 주둔하는 것을
적극적으로 반대했다

항의가 거세질수록 러시아는
만주에 철로를 직접 놓은 당사자여서
청에 영향력을 행사했다

러시아는 철로를 이용해
수만 병력과 장비를 실어
뤼순과 블라디보스토크와 압록강 지역에 배치했다

또한 조선의 서북 지방을 침범
서북 해변에서 벌목한다는 구실을 내세워
군인들을 민간인 복장으로 들여보냈다

러시아군이 상륙하여 포대를 구축
압록강 변에 군대를 주둔시키자
각국이 러시아에 항의했다

일본이 가장 심했다
청과 조선이 러시아 관할에 들어가면
일본에게도 큰 위협이 되기 때문

서양 각국과 일본은 분노했고
서로 전쟁 없이는 해결할 수 없는 길을 가고 있었다
각국은 전쟁을 준비했다

조선에서 혁명이 일어나지 않으면

1897년 3월
계주는 한성 다녀오는 길에
푸른 눈의 서양 여성을 만났다

영국에서 온 지리학자 비숍이라고 소개했다
조선을 네 번째 방문한다는 그녀
조선 관료들이 민중의 피를 빠는 흡혈귀라 했다

무능하고 파렴치한 관리들이 있는 관아에는
조선인 피를 빨아 먹는 기생충이 우글거리는데
군졸, 문필가, 관리, 아전이라 했다

미국 군인이 군대 교관을 하고
러시아 군인이 고용되어
왕실 보초를 감시하는 나라

조선의 관리가 일본과 협잡
황후를 죽여 기름을 붓고
시신을 불태우는 나라를 탄식했다

자기 재산이 보호되지 않고
돈을 벌면 양반에게 빼앗기니
가난이 최고의 방어막이라고 했다

탐욕스럽고 부정한 관리들 수탈에 견딜 수 없어
농민들이 폭력을 방법으로 선택
1894년 동학농민혁명이 일어났다고 했다

조선에서 혁명이 일어나지 않으면
백성들이 생명력을 빼앗겨
러시아나 일본의 식민지가 될 것이라 예언했다

독립협회가 영구적 독립을 선언하며
청국 사신을 영접하던 영은문 자리에
독립문을 세우고 모화관을 독립관으로 개축했다

대한제국을 선포하다

고종은 1897년 10월 12일
대한제국을 선포하고 연호를 광무라고 썼다
국왕을 황제라고 올려 불렀다

단군 이래로 영토가 나뉘어 서로 다투다
고려 때 삼한이 하나가 되었고
삼한을 아우르는 대한국大韓國을 이름으로 했다

국호를 대한제국으로 정하고
청 황제의 신하에서
완전한 자주독립국임을 선언한 것

대한제국 정부가 울릉도에 전임 도감을 두고
행정이 안정되었다는 소문이 퍼지자
사람들이 울릉도로 들어오기 시작했다

개척 초기인 1883년
당시 인구 54명에서
14년 만에 1,134명으로 늘었난 것이다

제3부 일본

이웃 나라 일본

서기 670년
왜에서 일본으로 국호를 바꾼
바다 건너 이웃 나라

한때 고구려의 속국으로
백제와 신라와 함께
고구려의 신민이었던 왜

신라 내물왕에 격파당하고
문무왕에게 사신을 보내와
같이 태산에서 제사를 지내기도 했다

백제에서 한자와 유교를
불교를 가지고 갔고
백제 유민이 건너가 문화를 높인 나라

원과 고려 연합군이 두 번 침공했고
일본이 조선을 두 번 침공해 고전을 거듭하다
전쟁에 실패한 이웃 나라다

1839년과 1841년
동양의 강자인 청나라가 영국에 패한
아편전쟁에 충격을 받고

1853년과 1854년에는
함대를 이끌고 온 미국의 무력에 굴복
통상수교거부정책을 포기한 후

서구의 군사적 위력에 위기를 느껴
7백 년 무사정권인 막부를 타도
1867년 명치유신으로 무인 정치의 막을 내렸다

근대국가로 전환
구미의 기술과 제도를 직접 수입한 일본은
하루하루 융성하고 있었다

오키섬

울릉도에서 독섬까지 2백 20리
독섬에서 가장 가까운 일본 영토는
4백 리 거리에 있는 오키섬이다

울릉도 세 배 크기의 섬은
시마네현에 딸린
여러 섬 가운데 하나

오키섬에서
본토 시마네 반도까지는 150리
섬 주변에 섬이 많아 180개나 된다는데

아름다운 풍광과
좋은 어장이 있는 이곳은
일본 본토와 멀리 떨어진 오랜 유배지였다

사카이경찰서

1894년 청일전쟁에서
일본이 이기자
울릉도에서 일본인들 행패가 갈수록 심해졌다

1897년 8월 14일
고종은 러시아 도움으로 국호를 대한제국
연호를 광무로 바꾸고 황제로 불렀다

9월 20일에는
계주의 차남 문식이
소야도에서 태어났다는 소식을 들었다

1898년 7월 23일
일본인들의 만행을 보다 못한 계주는
사카이경찰서장 앞으로 직접 고소장을 썼다

　귀국 사람이 해마다 이 섬에 왕래하며 섬 안의 인민에게
권력을 써서 행패를 부리는 것은 의롭지 않은 행위다. 심지
어는 대일본 시마네현 마쓰에시 가모쵸에 사는 다나카 다
구조와 돗토리현 사이하쿠군 요나고쵸에 사는 요시오 만타

로와 오이타현 분고노구니 난카이군 가미우라무라 지아자 무이에 사는 간다 겐키치라 3명이 해마다 이 섬에 와서 민심을 동요시키고 어지럽히고 있으니 이는 탐욕스러운 마음이 있기 때문이다. 때때로 시비가 많이 일어나고, 구타하고 칼자루를 품고 도민을 살해할 마음을 간간이 품고 있으니, 이들 세 사람을 붙잡아 법으로 다스리고 경관이 귀국으로 잡아가서 섬 안을 출입하지 못하게 하길 간절히 바라고 바란다. 간혹 크게 금지하고 있는 느티나무를 몰래 베어 밤에 6척의 선박에 싣고 가 버린 일도 있으니 사정을 밝힐 것을 통촉한다. 세 사람을 금단해 주시기를 바란다.

　　　　　　　　　　　　—대한울릉도감 배계주

고소할 세 사람은
다나카 나구조, 간다 겐키치, 요시오 만타로
계주는 고소장을 들고 일본으로 건너갔다

울릉도 도동항에서 저녁 8시에 출발
독섬을 거쳐
다음 날 오후 5시 오키섬 사이고항에 도착했다

다음 날 아침 10시 사이고항을 떠나
오후 3시 30분 사카이항에 도착
시네마현 마쓰에로 건너갔다

오키섬과 마쓰에를 건너가며
평해 노인이 말했던
안용복과 뇌헌 스님의 길을 생각했다

2백 년 전 선배들이 갔던 뱃길
울릉도에서 독섬을 거쳐 오키섬으로
오키섬에서 마쓰에로 갔던 안용복과 뇌헌 일행

계주는 사카이경찰서장을 만나
일본인 3명의 행패를 직접 얘기했다
경찰서장은 사실을 조사하여 보고하겠다고 했다

우라고경찰분서

사카이경찰서에 고발장이 접수되는 사이
1898년 8월
울릉도감직을 대리하던 황종해로부터 연락이 왔다

시마네현 평민 요시오 만타로가
나무꾼을 시켜 느티나무를 제재한 후
도동항에서 출발했다는 것

이 목재들은
다시 오키섬의 쓰루야 지로의 배에 싣고
일본으로 갔다는 소식이었다

계주는 사카이항에서
오키섬으로 건너가서 증거를 채집
이들을 우라고경찰분서에 고소장을 제출했다*

우라고경찰분서는 조사 뒤
해당 사건을
사이고지청 검사에게 송치했다

* 우라고: 오키섬 우라고항이 있는 소읍이다.

179

사카이지방재판소

계주는 다시 사카이로 돌아와
요시오 만타로를
사카이지방재판소에 제소했다

도쿄

그런데 원고가 조선인이라는 이유로
재판 진행이 지지부진했다
차별적 사법행정으로 소송 진척이 안 되었다

계주는 도쿄에 있는 박영효를 찾아가
사카이지방재판소에 보내는
소개서를 요청했다

박영효는 소개서를 써 주었다
"배계주는 조선의 울릉도를 책임지는 군수입니다.
그에 상응하는 대우를 해 주기 바랍니다."

계주는 소개서를 들고
기차를 타고
다시 사카이로 돌아왔다

소개서를 사카이지방재판소에 갖다 주자
사카이재판소는 계주에게
고등관리 대우를 해 주었다

다시 사카이경찰서

사카이경찰서는
요시오 만타로를 소환하여 취조했으나
요시오는 근거 없는 날조라고 진술했다

이에 대하여 돗토리현 지사는
날조가 아닐 것이라고 했다
과거 요시오 행적 때문이었다

지난날 돗토리현 상인과
계주 사이에 매매된 목재를
요시오가 몰래 울릉도 해안에서 실어 와

오키국에 은닉한 사실을 알고 있었고
이전에도 마쓰에지방재판소에서
요시오를 취조한 바가 있었다

때문에 계주가 쓴 고소장 내용이
사실이라고 보고 사건을
사카이지방재판소 사이고지청*으로 송치했다

* 사이고: 오키섬에 있는 항구 도시. 사이고항에는 '다케시마는 지금
도 예전도 오키의 섬'이라고 적힌 간판이 서 있다(《연합뉴스》, 2016. 11.
3. 사진 참조).

사이고지청

사이고지청 검사는 조사 뒤
사건을 예심에 부쳤으나
증거불충분 이유로 면소 결정을 내렸다

이 때문에
이건은 형사소송은 성립하지 않았고
민사소송이 성립하였다

재판소는
민사소송법에 의거
원고인 계주에게 승소 판결을 내렸다

계주는 요시오의 물건을 압수하려 했지만
최조를 하는 과정에서
느티나무값 반을 받는 것으로 화해하였다

돗토리현 지사

계주는 1차 재판을 승소로 끝낸 후
돗토리현 지사 아라카와 기타로를 만나
일본인들의 울릉도 도해 금지를 당부했다

"일본인들이 울릉도에 들어와
불법으로 나무를 베어 가거나
어업을 하지 못하도록 단속해 주시오."

계주는 사카이항에서 배를 타고
울릉도에서 불법 목재가 들어오는지
오키섬에 건너가서 일본인들 동태를 살폈다

사카이경찰서장 면회

계주는 조선으로 돌아오기에 앞서
별지 보고서를 작성
사카이경찰서에 제출했다

경찰서장은 직접 면회를 원했다
계주는 면회하는 자리에서
서장에게 이렇게 요청했다

"일본인들이 울릉도에 건너와서
칼과 총을 휴대하고 법 없이 돌아다닙니다.
특히 세 사람입니다."

서장이 말했다
"세 사람은 누굽니까?
이름을 써 주십시오."

돗토리현 출신 요시오 만타로
시마네현 출신 다나카 다구조
오이타현 출신 간다 겐키치였다

이들은 조선인을 협박하거나
부녀자를 추행하고
물품을 강탈하여 민폐가 이만저만 아니었다

계주가 말했다
"이들의 나쁜 행위들을 제지하고
사실 여부를 조사해 주시오."

서장이 대답했다
"돗토리현에 관계된 부분은
저희 소관이니 취조를 하도록 하겠습니다."

그러나 시마네현과 오이타현에 관계된 부분은
사카이경찰서에서 직접
두 현의 경찰서에 통보하겠다고 했다

계주는 돗토리현 취조 결과를
이후에 보고하도록 하겠다는 말을 듣고
경찰서를 나와 도쿄로 향했다

다시 도쿄

계주는 9월 12일
사카이를 출발
다시 기차로 도쿄에 갔다

대한제국 공사를 만나
소송 내용을 보고한 뒤
조선 본토를 거쳐 울릉도에 돌아갈 예정이었다

계주는 공사관을 찾아가
울릉도에 학교를 설립하여
양잠과 제염 사업을 일으키고 싶다고 했다

그리고 본토와 울릉도 사이를 오고 가는
항해선을 개량하고 싶으니
도와 달라고 부탁했다

시마네현 지사

1899년 1월 28일
시마네현 지사 고노 추조는
소송 일체를 내무대신과 외부대신에게 보고했다

작년과 올해
돗토리현과 시마네현 사람이
대한제국 울릉도에 도항하여 나무를 도벌한다는 것

조선인에게 난폭한 행동을 하고 있으니
이에 합당한 단속 방법을 요구하는
대한제국 공사의 주문이 있었다는 내용이다

시마네현 지사는 단속 방법에 대해
공사가 전달한 내용을
그대로 따르겠다고 했다

다시 사이고지청

한편, 지난 1898년 8월
계주는 시마네현 관할 사카이항에 갔을 때
이시바시 유자부로에게 느티나무를 팔기로 했었다

거래 대금은 300엔
선불금으로 160엔을 받고 잔금은 울릉도에서
느티나무 판목과 교환하기로 했다

이때 계주가 일본에 머무는 중이어서
도감 대리인 황종해로부터 급한 연락이 왔다
일본인 2명이 느티나무 판목 32매를 훔쳤다고

일본인 2명은
다나카 나구조와 요시오 만타로였다
울릉도에서 어두운 밤을 틈타 훔쳤다는 것

이들이 훔친 느티나무 판목을
오키국 우가촌 사람 츠루야 지로의 선박에 싣고
항구를 빠져나갔다는 내용이었다

이에 계주는 이시바시 유자부로를 동반
오키국으로 건너가
다이쿠로마루 선장 다마가와 기요시를 고소했다

수사에 들어가자
이 사건은
마쓰에지방재판소 사이고지청 검사에게 송치했다

검사 쿠리야 사네노리가
우라고촌에 출장 수사를 하여
다마가와 소유 선박에 목재가 실려 있는 것을 발견

검사는 곧바로 물건을 영치하고
본건 예심을 시작했으나
증거불충분으로 면소되었다

그러나 재판비용은
피고가 부담하라고 판결했다
계주의 두 번째 승소였다

한성으로 올라오라

계주가 일본에서 거듭 승소했다는 소식을 듣고
조선의 외부에서는 크게 기뻐하며 전보를 보냈다
'한성으로 올라오라'

미호노세키경찰분서

1898년 12월 하순
계주는 도쿄에서 귀국하는 길에
미호노세키경찰분서에 출두했다

앞에 고소했던
피해 느티나무 판목 일부를
일본인들이 어딘가에 숨겨 놓았을 것 같았기 때문

시마네현에 있는
히카와군 우류우라 또는 사기우라항에 정박 중인
화물선에 숨긴 것 같다며 수색을 요청했다

그러나 우류우라와 사기우라는
키츠키경찰분서의 관할이어서
사건을 키츠키경찰분서에 이첩 취조하도록 했다

키츠키경찰분서

키츠키경찰분서가 취조한 결과
마쓰에시 키타보리에 사는 후쿠마 효노스케가
느티나무 약간을 화선에 적재한 것을 발견했다

키츠키경찰분서는 본인의 승인을 받아
일시 영치하고
즉시 사건을 마쓰에지방재판소 검사에게 송치했다

다시 마쓰에지방재판소

피고 다나카 다구조는 재판에서
느타나무 판목을 울릉도 전임 도수 이수신에게
정당한 수속을 통해 매입했다고 진술했다

피고들은 증빙서류도 제공하겠다고 말했고
마쓰에지방재판소는
판결하기 어려워했다

두 사람 주장이 어긋나기 때문에
옳고 그름을 가릴 수 없고
계주의 진술을 꼭 믿기는 어렵다고 했다

히로시마공소원

1898년 8월
울릉도 느티나무를 불법 반출한 일본인을 고소
사카이지방재판소에서 승소한 계주

같은 해 12월 사카이지방재판소 소송에서도
기무라 게이치로를 증인으로
이시바시 유자부로를 대리인으로 해 초심 승소했다

피고 후쿠마 효노스케는
울릉도에서 느티나무 판자 95매를
일본식 선박 가이센마루에 적재하고

1898년 12월 13일 오후 6시
시마네현 파천군 노포에 입항했는데
울릉도에서 일본인들이 도벌한 목재가 실려 있었다

1차 재판 결과에 불복한 후쿠마 효노스케는
히로시마의 공소원에 상소했다
그러나 재심 결과 배계주는 패소했다

후쿠마 효노스케는 계주에게
금 1,200엔의 손해배상을 청구했고
선불금으로 대두 20석을 지불받았다

잔금에 대해서 증서를 써 주었는데
계주가 지불하지 않자
여러 차례에 걸쳐 청구했다

계주는 곤란함이 가중되어
그 후로
소송을 포기했다

요시찰 인물이 되다

히로시마 공소 재판 후에
계주는 일본에서 요시찰 인물이 되었다
계주가 가는 곳마다 동향 보고가 이루어졌다

1898년 9월 13일
교토 부지사는
외무성 정무국장 나카타 이에모치에게 이렇게 보고했다

"배계주는 오카야마현으로부터 교토시에 도착
1박한 후에 기차를 타고 도쿄로 출발
한국 영사를 면담할 예정"

1898년 9월 22일
효고현 지사는
외무대신에게 이렇게 보고했다

"배계주가 9월 20일 정오
산노미야역에 열차로 도착
오사카 여관에 머물렀다."

실제 계주는 그날 저녁 여관에 머문 후
기선인 도네가와마루를 타고
시모노세키로 출발했다

계주는 이하영 공사로부터 받은
본국의 외부대신에게 보내는 서신을
품속에 지니고 있었다

9월 26일 야마구치현 지사는
외무대신과 내외무대신
경시총감에게 동향 보고를 하고

배계주가 경유한 지역인
가나가와, 교토, 효고, 오사카
그리고 에히메 지사에게 같은 내용을 통보했다

후쿠오카

9월 22일 오후 5시경
후쿠오카현에 도착한 계주
다시 아카마가세키시 여관에 투숙했다

이곳에서 한국인 김명원과
시모노세키 마이니치신문사 사원
그리고 오사카 아사히신문사 사원을 만났다

계주가 말했다
"여러 해 동안 울릉도 도감으로 지내왔는데
울릉도는 황무지여서 곡식 소출이 적습니다."

섬 백성들이 곤궁한 지경에 처해 있어
조정에 여러 번 건의했지만 응답이 없자
식량 원조 방안을 일본에 요청한 것이다

이미 도쿄에 주재하고 있는
대한제국 공사 이하영을 면담
울릉도민들의 어려움을 호소했었다

울릉도에 학교를 세우고
양잠과 제염 사업을 일으켜
생활 개선을 하는데 도와달라고 했던 것이다

대한제국 본토와 울릉도 사이에
섬사람들이 오고 가는 데 어렵지 않도록
항해선을 개량해 달라고 요청했다

그리고 일본에서 병으로 요양 중인
박영효에게
이러한 사실을 모두 알렸다

다시 일본에 건너가다

계주는 1899년 5월 1일
다시 일본에 건너갔다
1898년 9월 다녀간 후 8개월 만이다

이미 1차로 시마네현 재판에서 승소했는데
일본인들이 이에 승복하지 않고
히로시마공소원에 공소를 제기한 것

계주는 일본인들의 공소에 대처하고
지난번에 왔을 때 목적을 달성하지 못한
식량 원조를 추진하러 온 것이다

구마모토

계주는 히로시마와 야마구치현 등을 경유
1899년 5월 29일
구마모토현 시내 안경수 집에 머물렀다

이 집에는 드나드는
조선인 공복경과 윤효정과 조난석
유진량과 조기종을 만났다

계주는 경성 사족 공복경을
히로시마 공소 건 대리인으로 내세웠다
안경수 수행원인 공복경은 박영효와 면담했던 인물

다시 히로시마

계주는 히로시마에 와서
변호사 다카다 지로를
소송대리인으로 위임했다

공복경은 구마모토시에 사는 통변인通辯人
나카야마 소쿠힌을 대동
히로시마 여관에 투숙했다

공복경은 사건의 진행을 알기 위해서 온 것
이들은 도착 후
박영효에게 진행 상황을 전보로 알렸다

이 공소 사건에서
계주가 패소했다
지난 공소에서도 배계주는 패소한 바 있다

제4부 다시 울릉도

다시 울릉도감에 임명되다

1899년 9월 23일
대한제국 내부에서는 계주를 다시
울릉도감에 임명했다

계주가 도감으로 있으면서 일본에 건너가
일본인들의 불법 남벌에 항의
두 차례의 재판에 승소한 업적 때문이었다

그리고 동래감리에게 훈령을 내려
순검 2인을 울릉도에 파송
도민들을 보호하도록 했다

또한 동래감리를 통해
울릉도 도민들을 통제하기 위해
7개의 절목을 반포하도록 했다

도민의 질고와 호구를 조사하고
간척한 토지를 실제대로 보고하고
목재를 함부로 베어 판매하지 말라는 내용들이다

다시 울릉도감이 되었다는 소문을 듣고
평해 노인이 늙은 수군과 함께 찾아와서
일본에서 송사한 이야기를 나누다 돌아갔다

삼척 진영에서 수군으로 군역을 할 때
한 손으로 왜구의 목을 부러뜨렸다는 노인은
바닷가로 나갔을 때 시를 읊었다

늙은 삼척 수군의 노래

모든 냇물이 흘러드는 조선해
끝이 없는데
예부터 큰 못이라 부른다

땅에서 흘러든 물이 하늘에 다다라
출렁대는 것이
넓고도 아득하다

큰 못은 원래 해가 뜨는 문
늙은 수군이 공손히 해를 맞으니
동쪽 하늘 끝 별자리가 해 뜨는 곳이라

물속에 사는 해신은
쉬지 않고 비단을 짜는데
바람이 불면 울면서 눈물로 구슬을 만든다

이런 기이한 조화를 누가 부리는가
너울대는 모습이
상서로운 기운을 일으킨다

조개는 진주를 잉태하고
달과 함께 무성했다 이지러지며
기운을 토하고 김을 뿜어 올린다

아침에 떠오르는 햇살
찬란하고 눈부시니
자주빛 붉은 빛이 일렁이고

한밤에 둥실 달이 뜨면
일렁이는 바다는 거울이 되어 달빛을 되비추니
늘어선 별들이 빛을 감춘다

수평선 응시하는 몸은 비록 늙었을지라도
왜적을 지키고 인민을 사랑하는 마음은
아침 해처럼 변함없다

* 울릉군, 『울릉군지』, 1389–1390쪽. 허목의 「퇴조비」를 재구성.

울릉도 첫 감무가 되다

광무 4년인 1900년 3월
내부에서는 얼마 지나지 않아 울릉도 관제를 개정
도감을 감무로 개칭했다

종래의 도감은 판임관이었지만
감무는 주임관이니 벼슬이 승격된 것이다
그리고 내부의 지방국장 지휘를 받게 했다

감무 아래는 도장 1명, 서기 2명
통인 2명, 사령 2명 등 7명의 관리를 두었다
감무의 임기는 5년으로 정했다

도감을 하면서 업적을 남겼던 계주는
감무가 되어
울릉도의 행정을 장악했다

그러나 조정에서 내리는 월급도 없고 품료도 없으니
조선인이든 일본인이든 불법을 저지르면서도
감무를 두려워하지 않았다

일본인들이 철수하지 않고

느티나무 남벌을 계속하는 동안

계주는 이런 상황을 내부에 보고할 뿐이었다

죽은 고래 한 마리가 떠올라

1900년 4월
바다에 죽은 큰 고래 한 마리가 떠올라
일본인 7명과 조선인 7명이 같이 끌어 올렸다

고래 고기를
반씩 나누기로 했지만
일본인들이 약속을 지키지 않았다

울릉도 사람들에게는 겨우 70근만 떼어 주고
나머지 대부분을 일본인들이 차지하자
불공평하다고 항의했다

일본인들이 칼을 빼어 들고 위협하자
울릉도 사람들은 돌을 던지며 대항했고
4명이 칼에 머리와 복부를 찔렸다

일본인들의 이런 행동은
울릉도 이곳저곳에서 자행되었다
계주는 사건을 내부에 보고했다

벌목을 허락하지 않다

광무 3년인 1899년 8월 사검 김용원이
농상공부 훈령을 내세워 배를 만들기 위해
느티나무 80그루를 베겠다고 했다

부채 3천여 냥을 일본인에게 빌려 쓰고
이것을 빙자 느티나무를
일본인에게 팔아먹으려고 했던 것

그리고 일본인과 접촉
울릉도에 함께 도착하여
느티나무를 함부로 베어 가려고 했다

계주가 벌목을 허락하지 않자
김용원은 빌린 돈을 갚을 수 없었고
일본인들의 독촉이 심해지자 계주에게 간청했다

상황이 어렵게 되자 계주는
나무 베는 것 대신 섬 주민들에게 돈을 빌려
김용원이 빌린 돈을 갚아 주는 선택을 했다

일본인들의 협박

1899년 9월 후쿠마 효노스케 등이
일본인 여러 명을 인솔하고
갑자기 도감의 집무실에 쳐들어와 위협했다

자기가 재판 비용이 많이 들었으니
소송비용 수십 원을 즉각 배상하라는 것
배계주가 근거가 없다고 대답하자

후쿠마 효노스케 등은
갑자기 도감의 팔다리를 잡더니
결박하여 일본으로 데리고 가겠다고 협박했다

이때 다른 일본인이 합의를 권하여
콩 400두를 보상비로 제안해 왔다
계주는 부득이 응낙했다

가옥과 전답을 도민에게 저당 잡혀
콩 400두를 후쿠마 효노스케에게 보냈는데
영수증을 보내오지 않았다

포구를 봉쇄한 일본인들

계주는 일본인들의 만행을 기록
한성에 가서 내부에 직접 출석
일일이 보고하기 위해 포구에 나갔다

그러나 일본인들이 포구를 지키며
울릉도에서 빠져나가지 못하도록 했다
일본인들의 행패가 이만저만 아니었다

시찰관 우용정

1900년 6월 1일
내부 시찰관 우용정 일행이
일본인들 횡포를 조사하기 위해 울릉도에 도착했다

내부대신 훈령을 받아
울릉도 인민의 질고와
개척민의 처지와 형편을 조사하러 온 것

시찰관 우용정은 도착하자마자
감무 배계주를 불러 울릉도의 상황을 물었다
"울릉도 인구와 전토는 어떻게 되는가?"

계주는 다음과 같이 대답하였다
"호구는 400여 호이며 인구는 남녀 합 1,700여 명
전토는 7,700여 두락에 달합니다."

울릉도는 하루가 다르게
육지에서 건너오는 사람들이 늘었다
첫 입도 당시보다 호구 25배 인구 31배가 됐다

우용정이 말했다
"나는 일본인들의 만행을 확인하기 위해 왔다
지금은 어떤가?"

배계주가 대답했다
"제가 보고한 내용처럼
일본인들 만행이 심하니 철수시켜야 합니다."

일본영사관과 공동 심문

우용정은
부산 주재 일본 부영사 아카쓰카 쇼스케와 회동
일본인들의 불법행위를 심문했다

일본인 후쿠마 효노스케와 가타오카 히로치카
그리고 마쓰모토 시게요시 등이
심문을 받았다

일본인들이 말했다
"나무를 도벌하거나 병기를 사용한 일이 없고
불법으로 화물을 운반한 것이 아닙니다."

이들은 화물을 수출입할 때마다
도감이 사람을 파견하여 조사한 후
100분의 2의 세금을 납부했다고 거짓말을 했다

벌목을 금지한다는 감무의 명령을 듣지 못했으며
전 도감인 오성일이 재임할 적에
이미 나무값을 냈다고 했다

우용정과 일본 부영사가 계주에게 물었다
"무역품에 100분의 2에 해당하는
세금을 받았다는 것이 사실인가."

계주는 사실이 아니라고 대답했다
일본인들은 끝까지 벌금은 납부하지 않고
일본으로 도주했다

일본 부영사가 계주에게 질문했다
"일본인들이 콩으로 납세를 했다고 하는데
사실인가?"

계주는 콩이 많이 나는 일본에서
부족하기 짝이 없는 콩 40두로 세금을 내려고 해서
허락하지 않았다고 했다

계주는 일본인이 병기를 사용
소동을 일으킨 사실을
증거물로 보관하고 있던 칼 한 자루를 내놨다

그리고 일본인이 소동이나
소요를 일으킨 사실을
날짜별로 책으로 만들어 보관해 둔 것을 공개했다

계주는 전 도감 오성일에게 벌목료를 주고
벌목했다는 일본인들의 주장에 대해서도
일본 부영사에게 항의했다

일본인들은 무리를 지어
전 도감 오성일을 위협
느티나무 한 그루를 벤다면서 50원을 지불하고

나무 그루 숫자를 정하지 않았다면서
산에 가득 찬 느티나무를
마음대로 벌채해 가려 했다고 주장했다

부산항 세관원의 심문

다음 날
부산항 세관원 프랑스인 라포르트의 입회하에
계주와 일본인 후쿠마 일당을 대질심문했다

우용정은 고래 고기 분배 사건으로 충돌이 일어나
일본인들이 병기를 들고 난동 부리고
조선인 여러 명을 부상시킨 사건을 심문했다

라포르트는 물었다
"전사능과 계약한 느티나무 80그루 벌목을 마치면
일본인 130여 명과 선박 11척 모두 퇴거하겠는가?"

일본 부영사가 대답했다
"느티나무 80그루를 벌목을 마치면
일본인 모두 퇴거시키겠습니다."

그러나 전사능이 일본인과 결탁
이미 규목 80그루를 베어서 실어 나간 후였기에
우용정은 더 논할 것이 없다고 하였다

우용정 일행은 합동 조사를 통해
울릉도에 몰래 입도한 일본인들의 불법적인 행태를
낱낱이 확인하여 밝히고 돌아갔다

고시문 10개 항 발표

1900년 6월 3일
울릉도 시찰관으로 왔던 우용정은
육지로 돌아가기 전 고시문 10개 항을 발표했다

계주가 정부의 내부에 보고한
일본인들의 만행에 대한 내용을 확인하고
심각성을 알았기 때문

우용정은 울릉도에
모든 제도가 갖추어지지 않았고
감무도 실권이 없이 허명만 있는 것을 확인했다

더구나 본토와 왕래할 수 있는
연락선이 없고
일본인들의 횡포를 규제하는 법이 없었다

그래서 관과 민이 모두
정부의 금지령을 준수하여 위반함이 없도록 하는
고시문을 발표했다

삼림을 잘 보호할 것과
일본인과 협잡해 느티나무를 도벌하는 자가 있으면
목재는 모두 환입하고 해당 백성은 축출할 것

개간한 토지 면적과
가구 및 인구를 낱낱이 조사하여
매년 내부에 보고할 것

선박을 구입하여
해운과 무역을
이용하게 할 것

본국인과 외국인을 막론하고
벌목하여 배를 만드는 것을
일체 엄금할 것

학교를 설치하여 백성을 교육시키고
불법한 백성이 어른을 능욕하거나 음주 잡기로
마을 규칙을 문란케 하는 자를 엄금할 것

13개 마을에 훈령을 내리다

우용정은 고시문에 이어
울릉도 13개 마을에 훈령을 내려
엄격히 지키도록 하고 떠났다

일본인들의 침탈과 횡포가 심하지만
울릉도민들이 부화뇌동하여
함부로 나무를 베는 것을 중단하고

나무를 운반해 주는 행동도 중단해야 하며
위반자는
부산경찰서에 수감시키겠다는 내용이었다

이러한 훈령을 각 동의 지도자들이
동민들에게 잘 타일러
한 사람이라도 잘못이 없도록 하라 당부했다

일본의 울릉도 보고서들

1900년 6월
우용정과 함께 울릉도에 왔던
부산 부영사관 아카쓰카

그가 조사한 보고서에 의하면
당시 울릉도에는
520여 호 2,500여 명이 살고 있었다

물론 이에 앞서 광무 3년인 1899년
원산 일본영사관 외무 서기생
가오슝 겐조도 조사 보고서를 냈다

인구는 2,000여 인이고 호수는 대략 500
농부와 어부가 반반이고
선박을 만드는 대공大工 등이 있다고

보고서 가운데 뼈아픈 얘기는
고군분투하던 감무 배계주가
한국 정부에서 한 푼의 봉급도 받지 않는다는 것

관리가 가난하여 세력이 없고

감무의 권력이 없기 때문에

도민 대부분 그의 명령을 따르지 않는다고 했다

우용정이 「울도기」를 쓰다

1900년 6월 15일
울릉도 상황을 파악하고 육지로 돌아간 우용정
「울도기」를 써서 조정에 보고했다

그리고 감무와
감무 이하 부리는 사람들에게
월급과 사용료를 주어야 한다고 했다

또 섬의 가구가 400여 호가 되니
매호마다 여름에는 보리 2두
겨울에는 황두 2두씩 거둬 등분해 주자고 했다

월급과 사용료가 없으면
관리로서 체통을 지키지 못하고
섬의 기강을 세울 수 없다는 것

또 하루바삐 울릉도에 울릉군을 설치하고
관리들에게 월급을 지급하여
체통을 세워 줄 것을 건의했다

일본인들 철수를 요청하다

시찰관 우용정 일행이 돌아간 다음 날
대한제국 정부를 비웃듯
일본인 500명과 선박 5척이 벌목하러 왔다

계주는 일본인들의 불법적 벌목이
전보다 더 심해진 것을 느꼈다
벌목의 불법성을 항의했다

지난 시찰관 우용정 일행이 왔을 때
일본 부영사도
다시는 침범이 없게 할 것이라고 약속했는데

일본인들은 대한제국의 법을 멸시하고
불법으로 숲에서 도끼질을 자행했다
그러나 감무의 권력으로는 금지하기 어려웠다

계주는 내부에 보고했다
"일본인들이 불법으로 들어와 벌목하고 있으니
하루속히 철수시켜 주시기 바랍니다."

이에 조정의 내부대신은
일본인 무뢰배들의 울릉도 침탈이
날로 더욱 심해지고 있음을 지적했고

외부에서는 일본공사관에 조회
울릉도에 몰래 입도한 일본인들에 대해
날짜를 정해 철수시켜 달라고 요청했다

철수를 거절한 일본

그러나 일본 정부는
울릉도에 밀입국한 일본인들의 철수를
거절하는 공문을 조선 정부에 보내왔다

일본인이 울릉도에 머물기 시작한 것은
수십 년 전의 일이고
도감이 묵인하고 꾀어서 그렇게 되었다는 것

벌목도 도감이 의뢰한 것이며
울릉도에서 일본인의 상업 활동은
섬 주민의 요청에 의한 것이라 주장했다

울릉도 주민이 대륙을 오가는 것은
일본인 체류자 때문에 편리함을 얻는 것이니
갑자기 철수하면 서로 이롭지 못하다는 것

대한제국 정부가
일본인 철수를 강요한다면
지금까지 지출한 비용을 내라고 주장했다

차라리 출입하는 화물에 세금을 매기고
현상을 유지하는 것이 어떠냐며
간곡히 제안했다

대한제국 정부가 일본을 논박하다

어이없는 일이었다
화가 난 대한제국 외부대신은
이를 논박하는 공문을 일본 정부에 보냈다

개항장이 아닌 울릉도에
일본인이 들어와서 거주하는 것은
불법이고 조약 위반이라고

도감이 여러 차례 퇴거를 명령했지만
일본이 따르지 않았는데
도감의 묵인이라는 것은 허언일 뿐이라고 했다

느티나무 두 그루 베도록 허가한 것은
전 도감의 일시적 과실일 뿐
이를 빙자 수십 그루 도벌은 용납할 수 없는 일

울릉도 주민과 일본인은
원수처럼 지내고 있으며
서로 신뢰하지 않고 있다고 했다

일본 정부의 역공격

일본 측은 다시 회답을 보내왔다
울릉도에 일본인이 거류하는 것은
비록 조약 규정에 어긋나는 것이기는 하지만

그것이 점차 습관이 된 것은
울릉도를 다스리는 대한제국 관리의 책임이고
대한제국 정부의 책임이라고 공격했다

내부대신의 추가 반박

내부대신 이건하는 일본 공사의 주장을 반박
일본인들이 개항장이 아닌 곳에서
나갈 것을 강조했다

일본의 막돼먹은 자들이 불법으로 들어와
마음대로 집을 짓고
물화를 거래하며

대한제국 주민들에게 함부로 행동하고
목재를 남벌
조약과 규정을 크게 위반하고 있다고 했다

각국 선교사의 거주를 구실 삼아
일본인 무뢰배들의 불법행위를
동일시하려는 것이라고 비판했다

또 내부대신은
일본 공사가 조약 규정을 멋대로 끌어다 대면서
일본인 철수 대책을 강구하지 않는다며

이것은 대한제국에 누를 끼치는 것만이 아니라
일본의 수치이니
이 뜻을 일본 공사에게도 전하도록 했다

울릉도에 있는 일본인들을
하루속히 철환시켜
규정을 지키게 하라고 일본 외부대신에게 요청했다

선박을 구입하기로 하다

1900년 6월 우용정이 다녀간 후
계주는 먼저 본토와 울릉도를 연결하는
선박을 구입하기로 했다

바다에 있는 미역도
전년에 비하면 10분의 1에 불과하기 때문에
전라도 선박은 출입이 없었다

아무리 원수지간이라 해도
일본 배가 없으면 뱃길이 끊기니
도민들은 일본 상선을 이용해야 했다

계주는 선박 사는 일을 도민들과 의논
작은 기선 한 척을 사기로 했다
기선값은 느티나무 판자로 치르기로 했다

그치지 않는 조선인과 일본인 갈등

계주가 기선을 사기로 한 내용을
온 섬에 문서로 돌리자
현포에 사는 와키타 쇼타로라는 자가 말했다

"조선인이 기선을 산다면
나는 하늘로 올라가겠다"
하고는 그 문서를 찢어 버렸다

이 말을 들은 계주는
분을 이기지 못하고
그를 불러 나무랐지만 어찌할 수가 없었다

계주가 이성팔을 일본으로 보내
배를 사 오도록 했다
이 얘기를 들은 일본인들은 물가를 두 배로 올렸다

"조선인이 먹고사는 게 모두 일본의 덕이다.
우리가 없으면
너희가 의복과 식염을 어디서 살 수 있겠느냐!"

이렇게 조선인과 일본인의 다툼은
그치지 않았다
일본인들은 여전히 불손했다

술과 음식을 탐하여 일본인에게

조선인들은 도동에 모여 상의
1년간 일본인들과 물건을 사고팔지 않기로 했다
섬 전체에 통문을 돌리고 일본인 집에 발길을 끊었다

석 달이 지난 뒤
일본인들이 말과 행동을 공손히 하며
친했던 몇 사람에게는 뇌물도 적지 않게 주었다

조선인들도 이익을 낼 방도가 없었기 때문에
십여 명에게 연락해서 도동에서 만났다
일본인들이 청주 10섬(石)을 내었다

여러 가지 음식을 차려 놓고
조선인 몇을 초대
큰 잔치를 베풀어 음주가무를 하게 했다

이 소식을 들은 조선인들은
그렇게 빨리 약속이 허물어진 것에 대하여
분을 이기지 못했다

이 소식을 들은 계주 역시 탄식했다

"술과 음식을 탐하여 일본인에게 모욕을 당하고
사람들에게도 신뢰를 잃었구나."

도중진선을 운영하다

계주가 일본에서 구입한 선박이 도착했다
처음에 '개운환開運丸'이라고 이름 붙였는데
울릉도를 왕래하는 배 가운데 가장 컸다

온 섬의 사람들이 각자 식량을 싸 가지고 와
산골짜기마다 무수한 판자를 베어 쌓아 두고
판자를 포구까지 내리는 일을 했다

그리고 사람들을 불러 모아 다시 상의해서
회사선 이름인 개운환을
'도중진선島中津船'이라 고쳐 운영했다

한성에서는 《황성신문》 사장이 구속 재판 중인데
8월 8일자 신문에 일본과 러시아가
대한제국 분할 점령을 논의했다고 썼기 때문이다

배계주, 초대 군수에 임명되다

조정은 우용정의 보고서와 건의를 받아들여
마침내 고종 37년인 1900년 10월 25일
칙령 41호를 반포했다

울릉도를 울도군으로 바꾸고
강원도의 27번째 군으로 승격하였다
울릉도 감무 배계주를 초대 군수에 임명했다

관제에 편입하고
등급은 5등급
주변에 있는 섬들을 부속 도서로 확인하여 알렸다

군청 위치는 태하동
울릉군 구역은 울릉 전체와 죽도(댓섬)와
석도石島를 관할하도록 했다

이곳 사람들은
죽도를 댓섬이라 부르고
석도를 독섬 또는 독도로 불렀다

지방 관제에 편입된 울릉군을
남면과 북면으로 나누고
석도는 울릉군 남면에 속하게 했다

이 내용을 10월 27일 관보에 게재
석도의 영유권이 대한제국에 있음을
만방에 선포한 것이다

학교를 세우다

1901년 1월 대한제국 정부는
울도군 행정을 도와주기 위해
사람을 파견했다

같은 해 2월에는
울릉도 도민 교육을 위해
학부에 학교 설립 허가를 신청했다

군수 배계주는
울릉도가 울릉군으로 승격된 것을 계기로
처음 근대 학교를 설립

아이들을 교육하고
양잠을 가르치고 독려해
가난에서 벗어나 보려고 애를 썼다

3월 27일 셋째 아들 용식이 태어났고
5월 28일 제주도에서
민란이 일어났다는 소문이 들렸다

프랑스 신부를 등에 업은

조선인 천주교도들의 행패가 심해

관노 이재수가 민란을 일으켰다고 했다

자지만 꽁꽁 얼었네

울릉도민들의 주식은
보리에 감자를 섞어 먹는 것
지형이 비탈이어서 쌀농사 지을 곳이 없었다

계주는 춘궁기만 되면 걱정이 앞섰다
본토에 쌀로 구휼을 요청하기도 하고
일본인에게 쌀 수입을 알아보았으나 쉽지 않았다

어느 날 소야도 밭가에 열린 호박을 생각했다
인분과 퇴비만 주면 잘 자라서
한여름에서 가을까지 크게 여는 호박

계주는 본토에 나가서
호박씨를 있는 대로 거두어
울릉도 이곳저곳을 다니며 나누어 심게 했다

특히 태하동 서달령 고개 사람들이
호박을 잘 가꾸어 가을이면 누렇게 익은 호박을
방 안 가득 채워 놓고 겨울 양식을 했다

그런데 어느 날 호박죽을 끓이던 할머니가 죽어
부엌에 들어가 보니
끓을 대로 끓은 호박이 엿이 되어 있었다

기근에 허덕이거나
며칠을 표류하다 바닷가에 닿은 사람에게
엿을 먹이면 금방 기운을 차렸다

도민들은 호박엿을 만들어
사시사철을 나고 본토에 내다 팔거나
섬에 들어와 사는 일본인들에게 팔았다

울릉도에서 본토에 나갈 때 도착하는 첫 포구
평해 구산포에는
울릉도엿을 기다리는 엿장수들이 줄 서 있었다

어느 겨울 구산포에서 배를 기다리는데
아이들이 지나가며 부르는 동요를 듣고
계주는 배꼽 잡고 웃었다

"짤그락 짤그락 엿장수
엿도 한 가락 못 팔고
자지만 꽁꽁 얼었네."

도중진선이 침몰하다

일본에서 산 개운환 뱃값을 갚으려고
판자를 가득 실은 배가
해안에서 바람을 기다리고 있었는데

폭풍으로 인해
굴암동 해안가 근처에서 배가 침몰하였다
배에 실었던 판자들도 모두 유실되었다

배 군수는 뱃값을 갚을 방법이 없게 되자
섬사람들에게 비용 1만 5천 냥을 분배
징수하려 했다

그러나 초기에 섬에 들어온 전재항을 비롯
섬 주민 대표 6명이 반대
군수인 계주를 동래감리서에 고소했다

동래감리서장은
계주의 사건 내용을 읽어 보고는
도리어 전재항 등 대표 2명을 감옥에 가두었다

섬사람들이 이 일을 알게 되자
나머지 섬 대표들은 군수와 다투게 되었다
도동에 모여 대표 2명이 감옥에 갇힌 일을 의논했다

두 사람을 감옥에서 나오게 할 방법은
개운환 값을 갚는 데 있다고 보고
군수는 부득이 414가구에 비용을 분배했다

가구당 평균 대두 28말씩을 나눠 내게 하자
원성이 하늘을 찔렀다
그러나 어찌할 수 없었다

가가호호 대두를 도동에
모두 운송하고 나서야
화의가 이루어져 감옥에서 풀려났다

1901년 5월에는 두 사람이 출옥
박성원은 섬으로 들어왔고
전재항은 한성으로 가서 사건을 정부에 보고했다

강영우, 2대 군수에 임명되다

침몰한 개운환 값을 도민에게 분배한 문제로
군수와 섬사람들 사이에 분쟁이 계속되자
1901년 7월 강영우가 사검관으로 파견되어 왔다

강영우는 동래 특파원 사미수와 함께
울릉도에 파견되어
선박 구입비 문제를 조사 보고했다

강영우의 보고서로 계주는 군수에서 해임되고
1901년 10월 9일
강영우가 군수에 임명된다

그러나 군수에 부임하지 않는다
군수가 없는 틈을 타서 울릉도에 불량배들이 판치며
도민들에게 군수를 빙자 막대한 돈을 뜯었다

결국 강영우는 다음 해인 1902년 2월
도민들의 고소로
부임도 못 하고 군수직에서 해임된다

배계주, 다시 군수에 임명되었지만

1902년 3월 7일
계주는 3대 군수에 다시 임명되었지만
부임하기 전 울릉도민들로부터 고소를 당했다

개운환을 구입했다가
폭풍으로 파손된 배 값을
울릉도민들에게 부담시킨 사건의 계속이었다

울릉도민들이
계주가 주민들에게 뱃값 1만 4천 냥을
강제로 할당 부과했다고 고발한 것이다

평리원에 체포되다

계주는 울릉도로 가기 위해
한성에서 부산으로 내려가 머물다가
평리원에 의해 체포되었다

그러자 내부는 평리원에 항의했다
"민사소송 건인데
현임 군수를 체포하는 것은 잘못이다."

평리원은 계주를 풀어 주었다
다만 계주도 잘못 있다며
태형 40대를 언도했다

강영우 고발로 다시 체포되다

개운환 문제로 도민들에게 고소당한 계주
1902년 5월 한성 평리원에서 조사받고
1902년 7월 강영우의 고발로 체포되었다

계주가 울도군수로 있으면서
울릉도 산림을 함부로 벌채
일본으로 운송하여 팔려다 일본 법정에 졌다는 것

소송 패소로 대두 500두를 배상하고
울릉도는 개항장 지역이 아닌데도
일본인들에게 돈 받고 무단으로 벌목토록 했다는 것

스스로 석방을 청원하다

그러자 계주는 법부에 죄 없음을 청원했다
근거 없는 죄로
모함을 입어 지금 구속되었다고

오랫동안 판결도 안 내리고
구속 상태에 있으며
울릉도에 일본 경찰관주재소가 설치되었다고

울릉도에 건너오는 일본인들 숫자가
날로 늘어나고 있으며
함부로 나무를 벌채하는 실정이라고

군수인 자기를 빨리 석방해
울릉도에 가서 업무에 복귀할 수 있도록 하라며
간곡히 청원했다

무죄로 석방되다

그러자 평리원에서 안건을 조사했다
조사 결과 울도군이 신설된 이후
정부 재정 지원이 전혀 없었고

울릉도 소출 산물들로 경비를 충당해야 해서
재목을 약간 벌채
행정 비용으로 사용한 것을 인정했다

수출입세 100의 2를 받는 것은
외국인이 있고 본토와 상거래가 이루어지므로
양해된 사항이라고 했다

평리원에서는
특별한 죄의 내용이 밝혀지지 않자
계주를 석방했다

다시 울도군수에 임명되다

계주는 다시 울도군수에 임명되었다
「울도군 절목」을 준비하는 등
의욕적으로 군수 역할을 하려고 준비했다

그러나 송사에 휘말리는 동안
정부에 보고서를 거의 제출하지 못했고
울릉군에 부임하지도 못했다

제5부 독도

독도

멀고 멀고 먼 옛날
망망대해를 휘젓고 다니는 동해대신이 있어
바람과 파도를 끌고 다녔다

파랑을 지느러미로 달고 다니는
대신의 머리에 두 바위 뿔이 있는데
높이가 오 리나 되었다

세상은 암흑이었는데
어느 날 동해대신이 머리를 치켜들자
우주에 금이 가 땅과 물과 하늘로 나뉘었다

금이 간 틈에서 태양이 솟아올라
두 뿔 사이로 햇살이 내려와
바다가 반짝였는데

사람들은 두 뿔을
동쪽 섬과
서쪽 섬으로 불렀다

대륙과 대륙에 딸린 섬들을 햇살이 비추자
만물이 아름다웠고
사람들은 골짜기에 동해대신을 모셨다

어부들은 그 뿔을 돌섬
또는 독섬이라 불렀고
나중에는 독도라고 부르고 썼다*

괭이갈매기와 바다제비가 서식하고
범고래와 돌고래가 오고
상어 떼와 가마우지가 다녀가는 바위섬

두 개 바위 위로 해가 뜨는
죽변에서 3백 리 울릉도에서 2백 리
연중 8할이 흐리거나 눈비가 내리는

강치가 바위에 올라앉아 컹컹 노래하는
개밀과 큰이삭풀과
바랭이와 돌피가 자라는 독섬

* 독도의 지명 변천사는 다음과 같다. 우산도(512) → 삼봉도(1471) → 자산도(1696) → 가지도(1794) → 석도(1900) → 독도(1906). 한편, 일본에서는 울릉도를 다케시마(竹島), 독도를 마쓰시마(松島)로 부르다가 1905년 일방적으로 독도를 시마네현 소속으로 편입하면서 다케시마(竹島)라고 부르게 되었고, 프랑스에서는 1849년 독도를 발견한 선박 '리앙쿠르Liancourt호'의 이름을 따서 '리앙쿠르암(Liancourt Rocks)'이라고 불렸으며, 영국에서는 '호넷Hornet', 러시아에서는 '메넬라이－올리부차Menalai－Olivutsa'라고 불렸다(독도종합정보시스템, http://www.dokdo.re.kr 참조하여 재구성).

울릉도에 딸린 섬

『삼국유사』에는
울릉도와 우산도 두 개 섬이
우산국이라는 나라를 세웠다고 한다

세종 14년에 편찬된
『신찬팔도지리지』
강원도 삼척도호부 울진현조에 이렇게 적혀 있다

"우산과 무릉 두 섬이 정동 쪽 바다에 있는데
두 섬은 서로 거리가 멀지 않아
날씨가 맑으면 바라볼 수 있다."

문종 원년에 편찬한 『고려사』에도
단종 2년에 편찬한
『세종실록지리지』에도 그대로 실려 있다

중종 21년 편찬된
『신증동국여지승람』에도 우산도와 울릉도가
현의 정동 바다 한가운데 있다고 기록했다

두 섬을 조선의 영토로

일본은 1775년
일본 최초로 경위도선을 그려 넣은
〈일본여지노정전도〉를 만들었다

이 전도에는
울릉도를 다케시마(竹島) 혹은 이소다케시마
독도인 자산도를 마쓰시마(松島)로 그리고

지도의 울릉도 오른쪽에
고려를 보는 것이 이즈모에서 오키도를 보는 것 같다며
두 섬을 조선의 영토로 표기했다

1785년
일본의 하야시 시헤이는
『삼국통람도설』을 저술하였는데

『삼국통람도설』의 부록 〈삼국접양지도〉와
〈조선팔도지〉에서 울릉도와 독섬
즉, 자산도를 조선의 영토로 표시했다

강치가 많아 가지도

1794년 6월
강원도 관찰사 심진현이
울릉도 수토 결과를 조정에 보고했다

월송만호 한창국이
4월 21일 출발하여 5월 8일 돌아왔는데
4월 26일에는 가지도를 다녀왔다고 했다

가지도可支島에 가 보니
가지어可支漁가 놀라 뛰어 나왔다고
방문 경험을 기술했다

강치는 이곳 어부들의 말로 가지
가지도는
강치가 많은 섬이라는 말

강치가 많이 서식하는
서도 북서쪽에는 큰가제바위와
작은가제바위가 있다

넙적바위와 지네바위
김을 닮은 김바위와 거북손 모양의 보찰바위
삼형제굴바위가 있다

촛대 모양의 바위와
물오리가 서식하는 물오리바위
어부들이 칼을 갈았다는 숫돌바위가 있고

부채바위와 얼굴바위
탕건을 닮은 탕건바위와
탕건바위 아래 물이 고이는 물골이 있다

독섬을 발견한 서양의 포경선과 군함들

새홀리기와 녹색비둘기
해오라기와 뜸부기와 붉은가슴밭종다리
할미새사촌과 흰꼬리좀도요가 오는 독섬

19세기 중반부터
서양의 포경선과 군함들이 동해를 오고 가며
독섬을 발견 조선의 섬으로 기록했다

1848년
미국 포경선 체러키호는
독섬을 발견하고 기록했다

그다음 해인 1월 27일에는
프랑스 포경선 리앙쿠르호도 독섬을 발견하고
Liancourt Rocks로 이름 지었다*

이런 기록들이
프랑스 해군 수로지와 해도에 실려
서양에 널리 알려졌다

같은 해 3월 18일에는
미국 포경선 윌리엄톰슨호가 독섬을 발견
세 개의 바위를 보았다고 기록했다

1854년
러시아 푸자친 제독이 지휘하는
러시아 극동 원정대 가운데 하나인 올리부차호

마닐라에서 타타르해협으로 향하던 중
독섬을 발견
섬 이름을 붙였는데

서도는 함정의 이름인 올리부차
동도는 올리부차 첫 함장 이름 메넬라이
두 섬에 이름을 붙이고 조선 영토로 파악했다

올리부차호 탐사 내용은
바스토크호의 울릉도 관측 내용과
팔라다호의 조선 동해안 측량 내용과 함께

1855년 1월호 러시아 해군지에 실려

1857년 러시아 해군이 작성한

〈조선동해안도〉 지도의 기초가 되었다

1855년 4월 25일에는

영국 함대가 독섬을 발견

함정 이름을 따서 '호넷'으로 이름 붙였다

제비딱새와 좀도요

할미새와 솔딱새가 와서 쌀경단버섯을

가는 발로 툭툭 건드려 보다 날아가는 조선의 독섬

* 구글이 Dokdo라는 명칭을 사용하는 지도는 google.co.kr에서만 볼
 수 있다. 일본 구글에서는 Takeshima로, 한국과 일본을 제외한 다른
 나라에서는 리앙쿠르록스라고 표기하고 있다. 구글은 독도를 한국
 과 일본의 영토 분쟁 지역으로 보고 있다.

조선에 밀파된 일본 외무성 관리들이

이웃인 일본은 울릉도에 딸린 독섬에 대해
일찍이 군인과 학자 관리를 통해
현지를 조사하고 고증하고 지도를 만들었다

1869년 12월
조선에 밀파된 일본 외무성 관리들이 귀국하여
1870년 4월 복명서를 제출했다

「조선국 교제시말 내탐서」였다
이 복명서에 죽도와 송도
즉 조선의 울릉도와 독섬을 조선 영토로 기록했다

1875년 4월 19일
일본의 저명한 서양사학자이며
핵심 정한론자였던 세와키 사토라

그는 일본 정부의 지시를 받고
나가사키항을 떠나
블라디보스토크를 향해 항해하고 있었다

그의 임무는
조선 북부 지역에 대한 정보와
지도를 그리기 위한 것

항해 중에
망망대해 한가운데서 떠 있는
이름 모를 바위섬을 만났다

조선의 독섬이었다
그는 조선과 만주를 침략하거나 지배하려면
독섬이 중요하다는 걸 직감했다

세와키는 함경도에서 연해주 우수리스크로 건너간
사대부 출신 김인승을 포섭
정보를 모아 블라디보스토크 견문록을 썼다

1876년 만주와 조선전도를 완성하고
같은 해 블라디보스토크에
일본무역사무소를 설치했다

물론 일본은 김인승의 중요한 정보로
1876년 강화도조약까지 성사시킨다
일본의 강압으로 맺은 불평등조약이었다

독섬을 조선의 영토로 표기

이에 앞서 1875년 11월 일본육군참모국은
김인승의 자문을 받아 〈조선전도〉를 작성했는데
독섬을 송도로 표기 조선 영토로 봤다[*]

1876년 일본 해군은
1857년 러시아 해군 지도를 저본으로
〈조선동해안도〉를 작성했다

이 작전지도에서 일본은
독섬을 울릉도와 함께
조선의 부속 도서로 표기했다

같은 해 10월 16일 일본에서는
근대적 지도를 편찬하면서
시마네현 내무성에 질의했다

"죽도와 송도, 즉 조선의 울릉도와 독섬을
시마네현 지도에 포함시켜야 하는지 여부를
그간 문서들을 보내 묻습니다."

내무성은 약 5개월간에 걸쳐
시마네현 부속 문서와 안용복 사건을 계기로
조선과 관계한 문서를 모두 조사하고 살폈다

그리고 이렇게 결정했다
죽도와 송도, 즉 울릉도와 독섬은 조선의 영토로
일본과 상관없다

＊ 우리문화가꾸기회 편찬, 『일본고지도선집 Ⅱ』, 48쪽 참조.

독섬은 일본 영토가 아니라고

같은 해 무토오 히라마나부(武藤平學)란 자가
「송도개척지의」를 일본 외무성에 제출하자
해군성은 1876년 4월과 9월 조사선을 파견했다

군함 천성환天城丸을 보내 송도를 조사한 결과
송도가 조선의 울릉도로 판명되어
무토오 히라마나부의 「송도개척지의」는 각하되었다

1877년 3월 17일
일본 내무성은 울릉도와 일도, 즉 독섬이
일본과 상관없다며 태정관에 최종 결정을 요청했다

일본 국가 최고 기관인 태정관은
3월 20일 일본과 관계없다는 지령문을 작성
내무성에 보내고 내무성은 시마네현에 전달했다

1880년 일본은 천성환을 울릉도에 파견
현지 조사를 하고 키타자와 마사나리에게
울릉도와 독섬의 역사와 자료를 조사하게 했다

1881년 7월
일본인 키타자와 마사나리가 『죽도고증』을 작성
『죽도판도소속고』를 일본 외무성에 제출했다

이 보고서에서 현재 송도는
1699년의 죽도(울릉도)이며
일본의 영토가 아니라고 결론 내렸다

그리고 울릉도 외에 죽도가 또 있지만
아주 작은 소도에 불과한 것이라며
독섬에 관한 내용을 부가했다

일본 해군은 독섬이 조선의 영토임을

한편 1883년 4월 일본 해군 수로국은
『환영수로지』를 발간했다
고종 20년의 일이다

일본 해군은 수로지 제2권 『조선국일반정세』에서
이앙쿠르드 열암을 소개
독섬이 조선의 영토임을 스스로 밝혔다

바위에 올라앉아 있던 강치들이

1895년 울릉도를 전담 관리하는
첫 도감이 된 계주
독섬을 돌아보기 위해 돛을 올렸다

강한 파랑을 맞아 형성된
섬의 주상절리와 수평절리를 두르고 있는
나무 한 그루 없는 섬이다

독섬에 배가 접근하자
바위에 올라앉아 있던 강치들이
느릿느릿 물속으로 미끄러져 들어갔다

사오월에 괴성을 지르며 모여들어
생식을 마치고
칠팔월에 흩어지는 강치

울산 고래 암각화가 있는 마을에서 태어나
장생포에서 포경선을 탔었다는
고래기름 등잔불을 켜고 자랐다는 어부는

맛이 가장 좋은 귀신고래를 잡으러

이 독섬까지 왔다가

덩치가 크고 순한 대왕고래를 만났다고 했다

괭이갈매기 떼가 흰 꽃잎처럼

독섬 바위에 배를 대자
괭이갈매기 떼가 파란 하늘로 날아올라
흰 꽃잎처럼 눈발처럼 흩어졌다

바위 틈틈 바다제비들과 섞여
둥지를 지어 알을 낳고
고양이처럼 우는 괭이갈매기들

어린 새끼들이 막 부화하고 있거나
둥우리를 나오려 바동대거나
날아 보려고 애쓰는 모습이 서툴다

독섬의 주인은 괭이갈매기
괭이갈매기의 본적
괭이갈매기의 탄생지

붉은 황조롱이 한 마리가
괭이갈매기 무리 속에서 멈춘 듯
날개를 수평으로 편 채 내려다보고 있다

철새와 나그네새들이

독섬 바위 동굴 속에는
갓 낳은 새끼를 지키는 어미 강치가
멀뚱멀뚱 일행을 지켜보고 있다

섬을 돌아보는데
아재비와 참억새와 강아지풀이 자라고
민들레와 해국과 갯제비쑥 얼굴이 해맑다

이런 풀잎과 풀꽃과 어울려
긴발벼룩잎벌레와 딱정벌레가 살고
나비와 파리와 노린재가 살고

매미도 벌도 있고
잠자리와 메뚜기도 있고
풀잠자리와 집게벌레와 톡토기가 산다

이런 곤충들을 보고
시베리아에서 동남아와 오세아니아를 오가는
철새와 나그네새들이 마실을 온다

일본인 판잣집을 부수고 어구들을

부채바위가 있는 동도에 배를 대고
모퉁이를 돌아가자
서도에 일본인 판잣집과 어구들이 보였다

검은 옷 입은 사람들이
배를 묶어 놓고 쉬고 있는데
그물에 갇힌 강치가 피를 흘린 채 누워 있다

주변에는 강치 가죽을 말리고 있고
해안에 흘러내린 내장은
고약한 냄새를 피워 올리며 썩어 가고 있었다

계주가 다짜고짜 호통쳤다
"왜 조선의 섬에 와서 강치를 잡는가?
어서 돌아가라."

일본인들이 말했다
"여기는 조선의 땅이라지만
사람이 살지 않는데 무슨 상관이오."

"나는 조선의 관리다.
조선 개항장 말고는 외국인이 들어와서는 안 된다.
당장 돌아가라."

계주는 판잣집을 부수고 어구들을 바다에 던졌다
동굴 속에서 하룻밤 자면서
일본인들이 돌섬을 떠나는 것을 지켜보았다

독약처럼 등이 파란 파랑돔이

독섬 이곳저곳 돌아보는데
울릉도에서 건너온 왕호장근과 섬초롱꽃
참소리쟁이가 예쁘다

울릉도에서 건너온
흑비둘기 무리가 보이고
붉은배새매와 벌매가 날아다닌다

바닷물이 올라왔다 내려가기를 반복하는
젖은 바위에서
새 한 마리가 물속을 들여다보고 있다

이마와 턱과 목둘레가 흰
머리와 등이 검은 갈색이고
배가 목화처럼 흰 흰목물떼새

새가 날아간 자리에 가서
물속을 들여다보니 노란색 거북손과
고랑따개비가 바위에 붙어 있다

크고 작은 구멍이 나 있는
그물 모양의 노란 그물바구니도 보이고
따개비에 구멍을 뚫어 먹고 사는 두드럭고둥

바위틈에서 나온 바위게가
인기척을 느끼고
재빠르게 바위틈으로 들어간다

해변말미잘과 큰뱀고둥
햇빛이 산란하는 바닷물 속에서
독약처럼 등이 파란 파랑돔이 유영하고 있다

고종황제, 석도를 관할토록 하다

독섬에 고민과 관심이 많았던 고종은
1900년 10월 25일 대한제국 칙령 제41호를 발표
울릉도를 울도군이라 하고

도감을 군수로 승격시켜 배계주를 군수로 임명했다
군수에게는 울릉 전도全島와 죽도竹島
그리고 석도石島를 관할하도록 했다

그리고 이틀 뒤인
1900년인 광무 4년 10월 27일에
관보 제1716호에 게재했다*

울릉 전도는 울릉도를
죽도는 울릉도 동북쪽 대나무가 자라는 댓섬
그리고 석도는 독도라고도 부르는 독섬을 가리켰다

● 「칙령 제41호」

울릉도를 울도鬱島로 개칭하고 도감島監을 군수로 개정하는 건.

제1조 울릉도를 울도라고 개칭하여 강원도에 부속하고 도감을 군수로 개정하여 관제 중에 편입하고 군의 등급은 5등으로 할 것.

제2조 군청의 위치는 태하동台霞洞으로 정하고 구역은 울릉 전도全島와 죽도竹島 석도石島를 관할할 것.

제3조 개국 504년(1895) 8월 16일자 「관보」 중 '관청 사항란' 내에 울릉도 이하 19자를 삭제하고 개국 505년(1896) 칙령 제36호 제5조 '강원도 26군'의 '6'자는 '7'자로 개정하고 안협군安峽郡 아래에 울도군 '3'자를 추가해 넣을 것.

제4조 경비는 5등군으로 마련하되 현재 아전의 정원도 갖추어지지 못하고 제반 업무가 처음 만들어지므로 해당 도島가 거두어들인 세금 중에서 잠시 먼저 마련할 것.

제5조 미진한 제반 조항은 본도本島의 개척에 따라 차츰 마련할 것.

「부칙」

제6조 본 칙령은 반포일로부터 시행할 것.

광무 4년(1900) 10월 25일

봉칙奉勅 의정부 의정임시서리찬정 내부대신 이건하李乾夏

관보 제1716호, 1900년(광무 4년) 10월 27일

이동식, 「일본의 최고 음운학자 오구라 신페이(小倉進平) '석'과 'Tok'」, 독섬, 석도, 독도 고흥의 증언 학술심포지엄 자료집, 2017. 13쪽 참조.

290

배계주, 석도를 감찰하다

울도군 초대 군수에 임명된 계주는
조정이 명령한 관할지 석도를 돌아보기 위해
배를 잘 모는 어부들과 도동포구에서 돛을 올렸다

푸른 하늘 흰 구름 아래
하늘을 덮는 괭이갈매기 떼와
탕건을 닮은 바위와 촛대바위가 여전했다

코끼리를 닮은 바위가 보이고
동쪽 섬 파란 식물을 얹은 경사면은
마치 대한제국 반도를 닮았다

바위들은 하나하나가
모두 풍랑이 낳은 자연이 만든 조각품이거나
수면 위에 흩뿌려진 크고 작은 돌

마치 물속에 잠긴 강치 머리인 듯
혹등고래 등인 듯
파도 속에 솟아올랐다가 가라앉았다

보재깃배들이 미역과 전복을

배계주 일행이 도착했을 때
배 갑판 위에 거적을 씌워 생활하는 보재깃배들이
미역과 전복을 채취하고 있었다

보재깃배는 이순신 장군 난중일기에
포작선鮑作船으로 자주 나오는데
남자 잠수부인 보재기를 포작인이라 했다

보재기와 여자 해녀인 잠녀들은
바닷가에서 백정과 같이 천대받는 사람들이어서
혼인도 자기들끼리만 한다

가족들이 집단으로 바닷가를 이동하며
해산물을 채취하고
배에서 밥도 해 먹고 잠도 잤다

봄 여름 가을 동안 해상 생활을 하다
겨울철에만 육지로 내려와 사는데
석도는 보재기와 잠녀들의 중요한 생업 공간*

조선은 임진왜란 당시
물길과 물속을 잘 아는 보재기들의 역할로
해전에서 승전을 했다

거적으로 배를 덮은 것이
보자기로 물건을 싼 것과 같아 보재깃배
갑판을 덮은 거북선과도 유사하다

이런 보재깃배들은 다른 어선과 마찬가지로
가끔 일본 해안까지 표류해
나가사키와 대마도를 통해 돌아왔다

* 이훈석, 앞의 글, 102−103 참조 재구성.

할아버지 때부터 가제 잡으러

석도 감찰 일행 중 여러 사람 가운데
고흥인과 거문도인
삼척에서 수군으로 군역을 한 사람이 있었다

이들은 오래전부터
매년 울릉도와 석도를 다니며
동해를 어장으로 활용했다

일행 중에 계주보다는 25살 아래인
젊은 거문도인 김윤삼이 있는데
1895년 처음 무역선을 탔다고 했다

1천 석 배가 대여섯 척 선단을 이루어
명태나 목재를 운반하면서
원산을 거쳐 울릉도에 도착했다고 한다

그때마다 동쪽에 어렴풋한 섬이 보였는데
돌섬이나 독섬이라 불렀고
할아버지 때부터 가제 잡으러 다녔다고 했다

돌섬에는 강치라 부르는 가제가 많아
윤삼 일행은 큰 배를 울릉도에 두고
뗏목을 타고 2백 리 돌섬에 건너가

열흘을 묵으며 가제를 잡아
일본인들에게 팔고
미역과 전복을 바위 아래에서 땄다고 했다

* 전충진, 「독섬, 석도, 독도—고흥의 증언 학술심포지엄」(2017) 토론
  문, 113쪽 참고하여 재구성.

고흥에서 대대로 배를 만든다는

임진왜란 때 흥양전선소가 있어
대대로 배를 만들어 왔다는 고흥인 하나는
성이 신가인데

죽근이라는 열네다섯 살 어린 아들과 함께
울릉도에 배를 만들러 왔다가
석도 감찰단에 참여했다

배 만드는 톱을 가지고 왔는데
고래 대가리처럼 크고
상어 이빨처럼 톱니가 희고 날카로웠다

석도에 이르자 그는
어른 머리만 한 전복 껍데기를 주워 와
기이한 물건이라며 아들에게 안겨 주었다

한 자가 조금 안되는 전복 껍데기인데
어린 아들은 거기에 물을 떠먹고
밥을 담아 먹기도 했다*

* 이훈석, 앞의 글, 98–101 참조 재구성.

잎말이나방이 풀풀 날아올랐다

풀이름과 나무 이름을 잘 아는
경주 현동에서 살다 건너온 채약꾼을 따라
석도 이곳저곳을 돌아보았다

축축한 낙엽층을 뒤지니
노래기가 기어 나오고
바위 모서리에 날아와 앉는 침벌류

새들이 울릉도에서 주워 먹은 씨앗을
배 속에 넣고 오거나
태풍에 날아온 강아지풀이 자라고

작은 흰 꽃이 터지는 까치수염과 갯장대
잎 조각을 매단 공작고사리와
줄기가 땅 위로 뻗은 분홍 갯메꽃

노란색 금촉을 내미는 듯 피는
땅 채송화가 보이고
해변 모래땅에서 자라는 번행초가 보인다

말려서 약재로 쓴다는
연분홍 꽃이 핀 술패랭이꽃과
바위틈에 피어 있는 연보라 해국

잎을 끊으니 흰 유액이 나오는 방가지똥
강아지풀이 섞여 있는 좀돌피 사이에서
잎말이나방이 풀풀 날아오른다

쇠무릎에 걸려 죽은 바다제비

바다직박구리와 칼새와
노랑할미새가 오고
긴 다리로 황로가 다녀가는 석도

서쪽 섬 경사 풀숲을 걸어 내려오는데
검은 바다제비 한 마리
쇠무릎에 걸려 죽어 있다

불길한 조짐에 갑자기 모골이 송연하다
구미와 러시아와 일본이 쳐 놓은
열강의 쇠무릎에 걸린 대한제국이 상상되었다

발이 가는 붉은가슴울새가
까만 눈알을 굴리며
포륵 포륵 풀밭에서 풀밭으로 날아다닌다

성큼성큼 걸어 다니는 왜가리와
보리밥나무 가지를 붙잡고 앉은
머리는 검고 가슴털이 발간 멋쟁이새

바위 끝까지 나가
파도가 쳐들어올 때마다
어린아이처럼 폴짝이며 돌아오는 방울새

바위 모서리에 우두커니 앉아 있는
제비딱새
이런 새들의 평화를 뒤에 두고 섬을 나오는데

하늘과 숲과 바위 꼭대기에서
벌매와 새매와 황조롱이가
먹잇감을 노려보고 있다

벌매야!
새매야!
황조롱아!

계주가 큰 소리로 부르자
새들이 알아들었다는 듯 창공 한 바퀴 휘돌고는
다시 제자리에 내려앉는다

배계주, 면관되다

1903년 1월 26일
계주가 군수에서 면관되자
석도에서 가까운 일본 오키섬에 금방 전해졌다

러시아령 블라디보스토크에서
해삼 채취 어업을 하던 일본 어업 상인
나가이 요자부로가 소식을 듣고 가장 기뻐했다

그는 블라디보스토크에서 실패하고
1892년 조선의 전라 충청 해안을 방황하다
귀향하여 해삼 채취하다 다시 실패한 자

거주지를 오키도로 옮긴 그는
석도에 강치가 많다는 것을 우연히 안 뒤
강치 포획을 구상하고 있었다

일본에 강경한 태도를 보이는 계주가
군수에서 해임되자
아예 강치 대량 포획을 단행하기로 했다

러일전쟁이 시작되다

남하하는 러시아를 공동의 적으로
1902년 영일동맹을 맺은 일본은
영국의 지원을 받으며 러일전쟁을 준비했다

1904년 2월 6일 러일전쟁이 시작되던 날
러시아 군함 두 척이
인천항에 정박해 있었는데

팔미도 밖에 정박해 있던 일본 군함은
러시아 군함에 통보했다
"오늘 오전까지 물러가지 않으면 공격하겠다."

이때 러시아 군함이 움직이면서
서로 대포를 쏘면서
러일전쟁이 시작되었다

두 시간 동안 천지가 진동하며
80리 밖 한성에서도 포성이 들렸는데
마른하늘에서 벼락이 치는 것 같았다

1904년 2월 8일
일본 함대는 러시아 극동 함대 사령부가 있는
뤼순항으로 직진해 공격했다

2월 10일에는 일본이 러시아에 선전포고했다
그리고 대규모 일본군을
대한제국 영토에 파견 한성을 불법 점령했다

일본군이 한성에 들어오자
백성들 민심이 많이 흔들렸다
그러나 러시아 공사관만 바라보고 있던 조정

일본은 대한제국 정부를 위협하여
1904년 2월 23일
「제1차 한일의정서」를 강제 조인한다

일본이 러일전쟁을 위해
한국 영토를 임의로 점령 사용한다는
굴욕적인 내용이었다

일본제국은 8월 22일

「제1차 한일협약」을 강제로 조인

대한제국 정부 내에 일본인 재정과 외무고문을 두었다

저동 해전

1904년 4월 그믐
울릉도 저동 앞바다
러시아 군함과 일본 군함이 서로 포를 쏘아댔다

대포알이 떨어지는 바다는
수십 길 바닷물이 치솟아
장관이었다

처음에 일본이 지고 있자
울릉도에 건너와 사는 일본인들은
두려움에 떨었다

일본인들은 러시아인들이 상륙해 죽일까 봐
모두 조선 사람 옷으로 갈아입고
조선인처럼 상투를 틀고 조선인 집에 숨었다

그러나 나중에 러시아 군함이 밀리기 시작
한 척은 도주하고 한 척은 투항
투항한 병사 200명이 포로가 되었다

그럼에도 러시아 함대 대장과 함장은 항복하지 않고
섬의 동쪽 바다에
배와 함께 장렬하게 침몰을 선택했다

러시아와 맺은 산림채벌권을 폐기

1904년 5월
러일전쟁에서 이기고 있던 일본은
대한제국 황제에게 칙선서 발표를 강요했다

고종은 칙선서를 통해
이전에 대한제국과 러시아 사이에 체결된
모든 조약과 협정과 특허 폐기를 발표했다

따라서 두만강과 압록강
그리고 울릉도 산림 채벌과
나무를 심는 특허권 역시 폐기되었다

러시아가 조선의 산림채벌권을 얻은 것은
고종이 러시아공관에 거주하고 있던
아관파천 시기

조선은 1896년에서 1897년 사이
블라디보스토크의 상인 브린너와
1896년 9월 9일 조약을 체결했다

울릉도가 다른 나라 도벌에 시달린 것은
일본과
러시아뿐만이 아니었다

오래전 고려와 몽고의 강화 이후
고려는 몽고의 대목大木 공납을 충족시키기 위해
울릉도 나무를 베어 바쳤다

고려의 요청으로 곧 중단되었지만
벌목에 동원된
본토와 울릉도 백성들 고생이 매우 심했다

일본의 망루와 해저 전선에 갇힌

대한제국 황제의 칙선서 발표 후 일본은
울릉도를 전략 기지로 활용
러시아 함대 감시를 위해 망루 설치를 시작했다

6월 21일 울진 죽변항에 망루를 설치
울릉도까지 해저 전선을 깔고
도동과 석포에 망루를 설치했다

원산, 제주, 울산, 거문도, 우도 등
대한제국 해안 전역에
20개 망루 설치를 추진했다[*]

대한제국은 이미
일본의 망루와 해저 전선에 갇힌
어떻게 해 볼 수 없는 늙은 호랑이와 같았다

[*] 『울릉군지』, 209쪽 참조.

한인들은 독도라고 쓰고

러일전쟁이 한창인 1904년 9월 1일
러시아 함대 감시를 위해
울릉도에 망루를 설치한 일본

9월 24일에는 전함 니다카호가
울릉도를 들렀다가 석도로 건너가서 조사한 후
이렇게 보고서를 썼다

"송도(울릉도)에서 들은 리앙쿠르암 정보에 의하면
리앙쿠르암을 한인들은 독도獨島라고 쓰고
본방(일본) 사람들은 생략하여 리앙코라 부른다."*

1900년 대한제국 황제의 명령인 칙령 41호
그리고 관보와 정부가 통감부에 보낸 답에는
관행적인 한자 표기를 석도로 썼다

그러나 중앙정부에서 멀리 떨어진 이곳 사람들은
이주 전 출신 지역이나 문자 해득에 따라
돌섬, 독섬, 독도라고 불렀고 석도로 쓰고 있었다

---

* 이훈석, 「독섬, 석도, 독도—고흥의 증언 학술심포지엄」, 2017. 86쪽
  참조 재구성.

일본령 편입을 시도한 일본군과 민간

1904년 11월 20일에는
일본 군함 대마호가
석도에 도착했다

석도가 한일 간을 연결하는 해저 전선 중계지로
전신소 설치에 적합한지
적합성을 조사하기 위해서였다

영일동맹으로 러일전쟁에서 이기고 있던 일본은
독섬인 석도 일본령 편입을
군과 민간이 적극적으로 추진했다

때마침 일본 어업 상인 나가이 요사부로는
석도 주변 어업권을 대한제국 정부에 제출하려고
1904년 9월 연줄을 찾아 도쿄에 갔다

그러자 일본 해군성 수로국장이 말했다
"리양코도는 주인 없는 땅이오.
일본 정부에 편입 및 임차권을 제출하시오."

나가이는 한국의 석도인 리양코도를
일본 영토로 편입할 것과
임차권을 내무, 외무, 농상무 앞으로 제출했다

일본 내무성은 반대했다
러일전쟁 중 주변 나라들 눈치가 신경 쓰이고
대한제국 반대가 있을 거라는 우려 때문

그런데 일본의 외무성은 입장이 달랐다
리양코도가 러시아 발트 함대 움직임을 감시할
요새임을 간파한 것이다

결국 일본 해군과 외무성은
어업 상인 나가이를 이용해
리양코도를 '죽도'로 표기한 청원서를 제출하게 했다

군사 목적과 영토 야욕으로 시마네현에 불법 편입

1905년 1월 28일
일본 내각회의는 리양코도를 죽도로 명명
주인 없는 땅이므로 선점한다는 의결을 했다

조선 어부들이 돌섬, 독섬, 독도로 부르고
1900년 대한제국 황제가
석도로 명칭을 선포한 대한제국의 영토를

지리적 역사적으로 분명한 대한제국 영토를
일본은 군사 목적과 영토 야욕에 미쳐
타국이 점유했다는 형적이 없다고 주장했다*

이런 일본 내각회의 결정은
내무성을 거쳤고
시마네현은 2월 22일 관내 소관임을 고시했다**

일본은 5월 17일 대한제국 석도를
일본의 시네마현 토지대장에 죽도로 등재했고
6월 13일에는 망루 설치 방법을 조사했다

7월 16일 울릉도 북망루를 준공하고
10월 8일에는 울릉도와 석도 망루 간
해저 전선을 깔았다

그러나 석도의 시마네현 편입을
일본 정부는 어디에도 공포한 사실이 없고
대한제국 정부에도 통보하지 않았다

러일전쟁에서 승기를 잡은 일본은
조선해를 일본해로, 석도를 시마네현에 편입
해군 보급기지로 사용한 것이다***

* 우리문화가꾸기회 편찬, 『일본고지도선집 Ⅱ』, 세가, 2016. 172쪽 참조.

** "시마네켄 고시 제40호/ 북위 37도 9분 30초, 동경 131도 55분, 오키노시마를 떠나 서북 85해리에 있는 도서를 죽도라고 칭하고, 지금부터 본현 소속 도사의 소관으로 정한다./ 메이지 38년 2월 22일/ 시마네켄 지사 마쓰나가 타케요기// 시마네켄 서 제11호 오키도청/ 북위 37도 9분 30초, 동경 131도 55분, 오키노시마를 떠나 서북 85해리에 있는 도서를 죽도라 칭하고, 지금부터 본 현 소속 도사의 소관으로 정한다는 것, 이 뜻을 이해할 것./ 메이지 38년 2월 22일/ 사마네켄 지사 마쓰나가 타케요시"(오쿠하라 헤키운 저, 권오엽 역주, 앞의 책, 93~94쪽 참조).

*** 일본은 2020년 3월 24일 2021년 신학기부터 중학생들이 사용하는 사회 교과서에 대한민국 영토인 독도를 일본 영토로 주장하는 검정 교과서를 심의해 통과시켰다. 이에 대응하여 역사적 지리적으로 독도가 명백한 한국 땅임을 국제법적으로 밝히는 책이 출간되었다. 스카핀은 2차 세계대전에서 일본이 패전 후 일본을 통치한 연합국 최고사령관이 일본 정부에 내린 명령이다. 1945년 7월 연합국 정상들은 일본의 무조건 항복을 요구하는 13개 조항의 포츠담선언 중, 제8조에 "연합국은 일본의 영토를 혼슈, 홋가이도, 규슈, 시코쿠, 그리고 연합국이 결정하는 작은 섬들로 제한할 것이다"라고 했다. 그 뒤 연합국총사령부(GHQ)는 1951년 9월 8일 샌프란시스코 강화조약이 체결된 약 3개월 후인 1951년 12월 5일 "독도와 북방 영토 4개 섬을 일본 정부로부터 분리"하는 스카핀 677-1을 발령했다. 국제법을 근거로 하자면 일본과 한국은 이 지령을 따라야 한다(성삼재, 『독도와 SCAPIN 677/1-일본 영토의 범위를 정의한 지령』, 우리영토, 2020. 네이버블로그 책 소개글 참조).

어장을 일본에 개방

대한제국은 러일전쟁 중인 1904년 2월 23일
「제1차 한일의정서」를 강제 조인
조선의 영토와 어장을 일본에 개방했다

4백 리 밖 일본 오키섬 수산업자들은
석도 조업권을 얻기 위해
중앙정부에까지 가서 로비를 했다

이들이 로비로 사용하는
강치 가죽과 강치 가죽으로 만든 가방은
가히 최고급이었다

오키섬 수산업자 나가이는
일본 어민들의 임시 막사와 우물을 만들고
강치를 잡아 나무 우리에 넣어 실어 갔다

러일전쟁이 일본의 승리로 끝나자
일본은 본격적으로 강치 전복 오징어 등 자원을
무지막지하게 수탈하기 시작했다

조선의 해녀들까지 독도로 데려가
해산물을 채취하게 하고
밤에는 술 시중을 들게 했다

수천 마리 강치들이 짝을 짓고

시마네현에 석도 편입을 관내 고시한
마쓰나가 타케요시 지사 일행은
1905년 8월 석도를 시찰했다

희고 검은 수천 마리 강치들이
짝을 짓고 노래하는 바위섬은
가히 장관을 이루고 있었다

석도의 신비한 동굴 속에서만 새끼를 낳는다는
조선 어부들이 가제로 부르는
바다사자인 강치*

시찰단은 석도가 황금의 섬이라는 것은 직감했다
이미 조선 어부들은 강치를 잡아
일본에 수출하고 있었다

1904년에는
강치 286마리를 잡아
강치 가죽 800관과 강치 기름 2섬을

1905년 역시 강치 290여 마리를 잡아
강치 가죽 800관과 강치 기름 83관
그리고 강치 부산물을 일본에 수출했다[**]

---

* 2021년 7월 23일 필자가 울릉도독도해양연구기지 김윤배 박사에게 전화로 문의한 바에 의하면, 바다사자인 강치는 1970년대 중반까지만 있었고, 현재는 나타나지 않는다고 했다. 그러나 물개와 물범은 간혹 나타난다고 했다. 또 작은 고래 종류인 돌고래류는 보여도 흰수염고래 등은 거의 나타나지 않는다고 한다.

** 오쿠하라 헤키운 저, 권오엽 역주, 『죽도 및 울릉도』(1907) 및 선우영준, 「독도 영토권원에 대한 연구」(성균관대학교 박사학위 논문, 2006), 참조.

거의 일본 지배하에

러시아의 세력 확장 견제를 위한 영일동맹
러시아의 박해에 분노한 유대인의 자금 지원에 힘입어
러일전쟁에서 승리한 일본은

1905년 11월 17일
「제2차 한일협약」을 대한제국에 강제
외교권을 완전히 박탈했다

1906년 2월1일
통감부와 통감 휘하의 이사청이 업무를 개시
대한제국은 거의 일본 지배하에 들어갔다

섬을 상세히 측량하고

1906년 3월 22일
시마네현 제3부장 진자이 유타로우 사무관 일행은
시마네현 마쓰에를 출발

사카이미나토에 도착해 여관에서 자고
다음 날 사카이미나토항을 출발
오키섬 사이고 만에 정박했다

여관에 묵으며 바람이 자기를 기다려
3월 26일 저녁 6시 일행 45명이*
제2 오키마루에 올라 사이고 만을 출항했다

다음 날인 3월 27일 해 뜰 무렵
조선의 석도에 도착
섬을 상세히 측량하고 동물과 식물을 조사했다

강치가 살고
김이 자라고
괭이갈매기가 놀라서 우는데

동굴 입구 양쪽에 그물을 들고 서 있다가
강치를 몰아내 덮쳐서 잡고
총으로 쏘거나 곤봉으로 때려잡았다

동도 정상에 기어 올라가
해군 망루가 있던 자리에 소나무를 심은 후
날씨가 나빠지자 울릉도로 급히 피난했다

* 일본《산음신문》1906년 4월 1일 기사에는 50명이 3월 27일 오전 8시 다케시마에 도착했다고 기록하고 있다.

울도신아 편액이 걸린

시찰단은 오후 2시 반 석도를 출발
밤 8시경 울릉도 저동 앞바다에 도착했다
일본 경찰과 우체국 직원들이 나가 환영했다

대표급 몇은 미리 내려
일본인 우체국장 집에서 자고
나머지는 다음 날 아침에 상륙했다

28일 오전 9시 도동에서는
일본 경관과 우체국장과 일상조합원들이
배를 가지고 나와 일행을 환영했다

10시쯤에는 시찰단 일행 모두
일본 경찰관 안내로
도동 바닷가 일본인 마을을 지나

조선인 부락에 〈울도신아鬱島新衙〉 편액이 걸린
2칸 집 군청 관사로 향했다
옆에는 죄인을 가두는 집이 있었다

방문단 일행은 진자이 사무관 외에
오키섬 도사와 세무감독국장
경찰분서장과 경찰 1명

그리고 의회 의원 1명
의사와 기술자 각 1명
그 외 수행원과 울릉도 거주 일본 상인들

군수를 방문한 일본 시찰단

전날 밤 일본 배가 도착했다는 소식을 듣고
군수 심흥택은 흰옷을 입고
관을 쓰고 일본 손님들을 기다렸다

긴 담뱃대 들고
방석에 앉아서
갑작스레 방문한 일본 시찰단을 맞이했다

통역은 울릉도에 파견된 일본 경찰 부장
시찰단은 석도에서 잡은
강치 1마리를 심흥택에게 선물로 증정했다*

---

* 오쿠하라 헤키운 저, 권오엽 역주, 앞의 책, 99–101쪽 참고 재구성.

일본 시찰단, 일본 영토 편입을 통보하다

일본 시찰단 대표인 진자이라는 자가
군수 심흥택에게 대한제국의 석도
즉 죽도를 일본 영토에 편입했음을 통보했다

그리고 울릉도와 죽도는
일본의 관할 아래에 있으니
섬에 살고 있는 일본인들을 보호해 달라고 했다

심 군수는 진자이에게
이 섬에 거주하는 일본인들을
어떻게 보호해야 되는지 알아보겠다고 하고

강치 선물을 받아들이겠다고 하며
만약 맛이 좋고
기회가 되면 다른 것도 받고 싶다고 했다

일본인들은 군수인 심흥택에게
인구와 토지를 묻고
생산량과 경비가 얼마인지 물었다

이미 일본의 부산영사관은 1902년 3월부터
무장 경관 3명을 울릉도에 주재시켜
모든 지역을 마음대로 활보했다

그래서인지 군수 심흥택은
일본에 대한제국 영토가 편입되었다는 말을 듣고도
직접 항의하지 않았다

심 군수는 울도군아 앞에서 일본 시찰단과
조선인 유지들을 모아 사진을 찍었다
대한제국 국기는 펄럭였지만 국가는 힘이 없었다

격분한 배계주

일본 시찰단이 갑작스럽게 와서
석도를 일본 영토에 편입했다는 소식을 듣고
계주가 화난 표정으로 군아에 들어섰다

"석도를 일본에 편입하고
시찰을 왔다니 무슨 짓들이냐?
황제 칙령으로 군수였던 내가 관리하던 섬이다."

일본 관리가 말했다
"울릉도와 석도는 오래전 시마네현 어민들이
막부의 도해면허를 받아 고기잡이를 해 왔소."

다시 계주가 격분한 표정으로 말했다
"수천 년 이어받은 조선 땅에
일본은 도해면허를 발급할 권한이 없다."

사실 일본은 옛날부터 울릉도와 석도를
죽도와 송도로 표기는 했지만
일본 영토로 생각하거나 기록한 적이 없다

계주는 평해 노인을 통해
울릉도와 석도의 역사를 잘 알고 있었다
계주는 다시 일본 시찰단을 몰아붙였다

"일본 막부와 행정기관이
울릉도와 석도를 조선 영토로 인정한 문서들이
많이 쌓여 있다."

이미 1693년 동래 비장 안용복의 활동으로
울릉도와 석도 영유권 문제가 부각되었고
조선과 일본 간에 영토 문제가 정리가 되었다

당시 일본 막부는 조선이 일본 어민의 도해를 항의하자
톳도리 번 영주에게 의견을 받아
두 섬이 일본에 속한 섬이 아니라고 정리했다

계주가 이어서 말했다
"두 섬을 너희가 경영해 왔다면
왜 석도만 너희 땅에 편입했느냐?"

일본 관리가 말했다
"그 섬은 오랫동안 주인 없는 섬이어서
일본 영토로 편입한 것이오."

아니었다, 조선은 그동안 석도를
돌섬, 독섬, 독도로 다양하게 부르며 건너다녔지만
일본은 갑자기 죽도로 명명해 편입한 것이다

조선국 교제시말 내탐서

계주는 들고 간 보따리를 풀더니
1870년 일본 외무성 보고서인
「조선국 교제시말 내탐서」를 보여 주었다

내탐서에는 죽도와 송도
즉, 울릉도와 석도를 조선 영토로 인정하고 있고
조선의 부속이 된 경위를 적어 놓고 있었다

7년 뒤인 1877년
일본 최고행정기관 태정관의 지령과
지령에 앞서 1876년 10월

일본 내무성은 토지대장을 정리하는 과정에서
죽도와 일도, 즉 울릉도와 한 개 섬(석도)에 대한
소속을 시마네현에 물었다

이에 시마네현은
두 섬이 일본 영토가 아니라는 문서와
지도를 첨부하여 제출했다

일본 내무성은 이를 근거로
두 섬의 소속을 파악한 뒤
최종 결정을 태정관에 요청하였다

결국 태정관은 죽도와 송도
즉, 조선의 울릉도와 석도가 일본 영토가 아니라는
지령을 내무성에 내렸다

이 지령을 통해 일본 정부는
울릉도에 딸린 석도가 일본 땅이 아니라고
공식적으로 인정했다

상인들 사무소인 사상의소로 이동

군수 방문을 마친 일본 시찰단 일행은
군아와 이웃한 상인들 사무소인 사상의소로 이동
울릉도 산업과 경제 상황을 조사했다

시찰단은 섬 안에
일본인 96호 303명이 사는 것을 묻고
산림자원과 해산물 현황을 물었다

그리고 오후 1시경에는
조선인 안내원을 앞세워
배에 올라 울릉도를 일주하는 시찰을 떠났다*

* 오쿠하라 헤키우 저, 권오엽 역주, 앞의 책. 304-310쪽을 참조하여
재구성.

김광호 심흥택, 일본 관리에게 아부하는 시를

울릉도를 일주한 일본 시찰단 기선이
도동항에 와서 다시 정박했다
일본인들과 심 군수 일행은 환송연을 베풀었다

자칭 풍류학사라고 하는 젊은 일본 관리가
울릉도를 돌아본 소감이라고 하면서
먼저 짧은 시를 읊었다

"백단이 우거진 바위 뿌리에
봄의 달빛이
아련하게 풍기는 도동마을"

일본 장사꾼들의 앞잡이 노릇을 하며
조선인들 등골을 빼먹는 사상의소장士商議所長
김광호라는 자가 회답시 한 수를 읊었다

"나라 위해 몸 돌보지 않고 바다 끝까지 왔구나
지금은 영웅의 지혜와 계략을 펼칠 때
외국을 소탕 평정하여 깨끗하게 한다
이곳에 배를 정박하니 군신이 기뻐한다"

일본이 조선을 소탕 평정 깨끗하게 한다니
이런 노골적 일본 찬양시에
일본인들이 환호하자 김광호는 한 편 더 읊었다

"바닷길이 아득히 멀고 맑다
기선이 남쪽에 이르러 천하가 태평함을 알린다
두 나라 정이 더욱 돈독해져
한 그루 복사꽃이 만발했구나"

일본 시찰단이 기뻐서 날뛰자
군수 심흥택도 시를 한 수 내놓았다
시 제목은 시찰단 대표「진자이 사무관에게 드림」

"그대의 보국하는 일편단심 어여쁘구나
이곳에서 서로 만나니 마음이 더욱 기쁘다
붙잡아 두고 싶어도 머물 수 없어 시름이 늘어난다
그대에게 말하노니 대해를 편안히 건너가시게"*

대한제국 군수라는 자가
대한제국 영토를 침탈하고 알리러 온

일본 관리를 어여쁘다 하고 만나서 기쁘다니

영토를 불법 탈취한 일본 관리들과
울릉도를 같이 유람하고
군수와 함께 송별 시를 주고받는 자리가 무르익었다

* 권오엽은 이 시에 대해 이렇게 논평했다. "군수의 입장으로서는 옳지
말았어야 하는 내용이다. 그것이 죽도 편입의 정통성을 확보하려는
일본인들의 기도에 빠지는 일로, 결국 한조여운에 포함되는 것으로
일본의 목적을 달성시켜 주었다"(오쿠하라 헤키운 저, 권오엽 역주, 앞의
책, 264-265쪽 참조).

대일본지명사서를 읽어 주다

무르익은 송별식장에
계주가 화난 표정으로 들어섰다
모두 반갑지 않은 표정을 지었다

계주는 두꺼운 책 한 권을
탁자 위에 던졌다
일본에서 발간된 『대일본지명사서大日本地名辭書』

저명한 역사학자 요시다 도고가 쓴
일본 지명 사전이다
한성에 다녀올 때 구해 왔다

"너희 일본학자가 쓴 이 책을 봐라.
너희가 죽도로 부르는 조선의 석도를
대한제국의 영토로 써 놨다."

사서의 저자는
일본이 주장하는 죽도
즉, 다케시마가 조선 땅임을 밝히고 있었다

메이지 33년인
1900년 3월 31일 발간한 것이니
몇 년 되지 않은 책

계주는 제3권 434쪽에서 435쪽
시마네현 인근 중부지방
소제목 다케시마 아래 문장을 크게 읽었다

"조일간 다케시마 다툼이 두 차례 벌어졌지만
일본이 그때마다
다케시마가 조선 땅임을 인정했다."

이 책에는 1621년부터 1900년까지
조선과 일본 간 동해의 영토 다툼을 정리했는데
모두 조선의 영토로 인정했다고 써 있다

계주가 일본 학자의 책을 들이대며
석도가 조선의 영토임을 여러 번 주장하자
화기애애한 송별식장 분위기는 싸늘해졌다

기분이 잡친 일본 시찰단은
저녁 8시가 좀 넘자
배에 올라 도동항을 떠났다

일본 지도를 펼치다

일본 시찰단이 떠나자
계주는 심 군수를 찾아가 사람을 모아 달라 했다
계주는 일본 지도들을 펼쳤다

평해 노인에게 받고
일본에 건너갔을 때 책방에서 구하거나
공복경에게서 은밀히 받은 것들

1778년 제작된 나구쿠보 세키스이가 그린
놀라운 채색 지도
〈신각일본여지노정전도〉를 펼쳤다

심 군수와 몇몇 조선인 유지들이 보는 앞에서
조선과 일본 사이에
일본 영토와 채색을 달리한 섬 두 개를 보여 주었다

그리고 새로운 정보를 더하여 수정한
1779년에 나온 채색 지도인
〈개정일본여지노정전도〉도 보여 주었다

1885년 하야시 시혜이가 그린 채색 지도인
〈삼국통람여지노청전도〉에도 죽도와 송도로 표기한
두 섬은 일본 영토로 색칠되어 있지 않았다

1832년에 프랑스에서 나온
〈삼국통람여지노정전도〉를 펼치니
죽도와 송도가 조선과 같은 황색 칠이었다

1802년에 나온 색감이 화려한 〈대삼국지도〉에도
죽도와 송도가 조선과 같은 황색 칠이었고
조선의 영토라는 설명까지 표기되어 있다

1821년에 나온 〈대일본연해여지전도〉도 마찬가지
당시 일본 영토만 나타내고 있어
죽도와 송도를 일본 영토로 인식하고 있지 않았다

독일의 시볼트라는 사람이 그린
〈일본국지도〉에도
죽도와 송도가 일본 영역이 아님을 나타냈고

1875년 일본 육군성에서 발행한 〈조선전도〉 역시
울릉도를 송도, 석도를 죽도로 표기했지만
조선의 영토로 인식하고 있었다[*]

일본 지도들을 확인한 심 군수와
조선인 유지들은
석도가 역사적으로 조선 영토라는 것을 확신했다

* 우리문화가꾸기회 편찬, 『일본고지도선집 Ⅱ』, 참고하여 재구성.

심흥택, 독도라고 처음 쓰다

다음 날 심 군수는 오키도사 일행이
울릉도에 와서 독도가 일본의 소유라는
무리한 주장에 대해 반박 · 항의하는 동시에

부당한 일본인의 위협을 배제하기 위해
향장 전재항 등 유지들과 상의하여
상부에 보고하기로 했다

관아 출입을 종종 해 왔던 홍재현은
이것이 울릉도의 중요한 안건이라는 것을 알고*
이민대장 자격으로 회의에 배석했다

그런데 심 군수가 일본 관리들 말을 전했다
한국에 독도로 부르는 명칭이 너무 많으니
‘獨島’(독도)로 통일해서 쓰는 게 어떠냐고

그러자 홍재현은 반대했다
“일본인이 정해 준 명칭을 쓰게 되면
후대에 혼란을 주고 큰 빚을 지게 됩니다.”

울릉도민들이 독섬, 돌섬으로 부르기는 하지만

홍재현은 황제의 칙명과 관보에 따라
문서에 석도로 쓸 것을 주장했다

세 시간 동안이나 한문으로 '石島'가 돌섬이고
형태도 돌로 된 돌섬인데 '獨島'로 쓰는 것은
일본의 술책에 넘어가는 거라고 반대했다**

군수는 강원도관찰사서리 겸 춘천군수 이명래에게
일본 시찰단이 다녀간 사실을
아래 내용으로 보고했다

"본군 소속 독도獨島가 울릉도 바다 100리에 위치하고 있
습니다. 일본의 기선이 …… 도동포에 정박하고 …… 일단
의 일본의 관리들이 저에게로 와서 말하기를 '우리는 독도
가 현재 우리 영토이기 때문에 조사하러 왔다……'"

* '홍재형 진술서'(1947) 참조하여 재구성.
** 김위영 소장이 말하는 독도 명칭에 숨겨진 내막—"일본의 술책 탓 獨
   島로 이름 바꿔", 《일요신문》(2013. 4. 16.) 참조하여 재구성. 이 기사
   에서 김위영 소장은 이미 "1904년 9월 25일 작성된 일본 군함 '신고호'
   항해 일지"에 "처음으로 독도(獨島)라는 명칭이 사용된 것"을 보면,
   "독도(獨島)라는 명칭 사용은 독도를 잘 알고 있던 일본 군부가 주도
   가 되어 은밀하게 사용된 것으로 보여진다"고 했다.

도민들, 분개하고 통분하다

울도군아에 일본 시찰단이 와서
석도를 일본에 편입했다는 것을 전해 들은 도민들
특히 어민들은 크게 분개했다

도민들은 돌섬, 독섬, 독도로 부르는 석도가
울릉도에 딸린 섬이라는 것은
개척 당시부터 당연히 알고 건너다녔다

강릉에서 건너온 이민대장 홍재현은
이미 20년 전부터 김양곤 배수검 등과 동행
미역 채취를 하고 강치를 포획하러 다녔다

일본인 배를 빌려
선주인 무라카미라는 사람과 오오가미라는 선원을 고용
이들과 동행하여 포획하기도 했다

또 울릉도 동해에서 표류하는 어선은
독도에 표착하는 일이 종종 있어서
석도에 대한 도민의 관심은 절실한 것이었다

그런데 일본인 시찰단이 와서
석도를 일본 소유라고 주장했다니
도민들은 분개하고 크게 통분했다[*]

[*] 외교부 독도 사이트, '홍재현 진술서(1947)' 참고하여 재구성.

일본인들의 행동을 점검하라

강원도 관찰사는
울도군수에게 명령문 3호를 내려보내
일본인들 행동을 점검하라고 했다

"나는 이 보고서를 읽었다. 그들의 말에 의하면 독도가
일본 영토라는 것은 전적으로 근거를 알 수 없는 주장이며,
섬을 재점검하고, 일본인들의 행동을 점검하라……"

그러나 울릉도가 처한 상황은 어려웠다
일본의 군인과 경찰은
계속 울릉도에 주둔해 오고 있었다

울릉도 도동 주변에는
300명이 넘는 일본인들이 살고 있었으며
일본 관리가 주둔하고 우체국이 있었다

일본 관리들은
외국 영토인 울릉도의 가구 수와 인구 수
그리고 지리를 마음대로 조사했다

대한제국과 일본의 역학관계를
잘 알고 있는 군수 심흥택은
시찰단이 울릉도 영토를 조사해도 반대할 수 없었다

그냥 평상의 관리처럼 예의 바르게
일본인 시찰단을 영접하고 담화하고
시찰단 대표인 일본 관리의 언급을 승인했다

일본 주장을 반박하는 신문과 지식인들

대한제국 신문과 지식인들도
울도군수의 보고서를 보도하고 읽으면서
일본 주장을 반박했다

1906년 5월 1일자 《대한매일신문》은
울도군수가 보낸 보고서 내용을
이렇게 싣고 있다

"울도 군수 심흥택이 내부대신에게 보고하기를 어떤 일
본인 관리들이 울릉도 섬으로 와서 주장하기를 독도가 일본
영토이며, 섬을 측량하고 당시 가구 수를 조사하였다. 보
고서(심흥택의 보고서)에 대한 대답으로 내무대신이 말하기를
"일본 관리들이 울릉도를 그 지역을 여행하고 조사한다는
것은 예사로운 일이다. 그러나 독도가 일본 영토라는 주장
은 전혀 맞지 않는 이야기다. 우리는 일본의 주장이 놀라운
일이라고 생각한다……"

5월 조선 말기 학자이면서 애국자인
매천 황현은 그의 일기에
일본의 독도 편입을 이렇게 썼다

"……울릉도 동쪽 약 100리에는 독도라고 부르는 작은 섬이 있다. 오래전부터, 이 섬은 울릉도에 속해 있었다. 그러나, 일본인들이 와서 섬을 측량하고 근거도 없이 그들의 영토라고 주장한다……"

일본 영토가 된 것은 근거 없는 것

대한제국 내부대신 이지용은
독도가 일본 속지라고 칭하는 건
전혀 이치가 맞지 않다고 주장했다

의정부 참정대신 박제순도
독도가 일본 영토가 된 것은 근거 없는 것이므로
독도 형편과 일본인 동향을 보고하라고 했다

조선 팔도에 반대 여론이 들끓다

울도군수 심흥택의 보고서가 언론에 알려지자
조선 팔도에 여론이 들끓어
일본의 독도 편입에 반대하는 목소리가 터져 나왔다

행정기관은 물론 정치, 언론, 지식인들까지
1900년 관보에 실린 석도에는 관심 밖이더니
일본 영토가 된다니까 관심이 폭증했다

대한제국은 일본의 야욕에 한목소리를 냈다
울릉도 현지 주민들은 여전히 독섬으로 불렀지만
외지에서는 독도로 부르고 쓰기 시작했다[*]

* 이훈석, 「독섬, 석도, 독도-고흥의 증언 학술심포지엄」(2017) 자료집, 89쪽 참조 재구성. 필자는 2021년 7월 23일, 24일 독도 연구를 오래 한 이훈석 선생을 면접했다. 이훈석 선생에 의하면 대한제국 정부가 1900년 첫 배계주 군수 임명 시 관보에 '석도'로 명시한 것을 1906년에 3대 군수인 심흥택의 보고서에 '독도'로 사용한 이유가 궁금해 질의했다. 이훈석 선생 대답은 첫째는 당시 국가가 망해 가면서 행정체계가 미흡해 관보 등 국가 기록이 흩어지고 울릉도가 지리상 전달환경이 어려웠을 것이라는 것, 둘째는 울릉도에 출입하거나 정착한 사람이 고흥이나 거문도, 초도 출신이 지배적으로 많아 이미 오래전부터 '돌섬'을 방언인 '독섬'으로 불러 왔으며 '독섬'을 한자로 뜻을 따서 쓰면 '석도', 음을 따서 쓰면 '독도'라고 하였다. 당연히 울릉도민들은 '석도'보다 '독도'가 쓰기 편했던 것이라고 했다. 그는 '독섬'은 독이나 단지를 뜻하는 '옹도甕島'로 쓸 수도 있다고 했다. 해방 후인 1947년 경성대학 조사단이 울릉도 탐사를 갔었는데, 당시 지역 주민들은 '독섬'으로 불렀다고 한다. 자료를 찾는 대로 보여 주겠다고 했다. 또 이훈석 선생이 2017년 2월 3일 고흥 지역을 탐사한 결과 고흥군 앞바다에 4개 섬을 모두 독섬으로 불렀는데, 지적도를 만들면서 2개는 석도, 1개는 독도, 독섬으로 부르는 섬은 아주 작은 섬으로 미처 지적에 넣지 못한 섬이라고 했다(이훈석, 앞의 자료집 90-91쪽 참조). 고흥군에는 2017년 당시 206개 무인도가 있으며, 이 가운데 독섬 지명이 1개, 독도 지명이 1개, 석도 지명이 2개 존재하고 있으며, 이 세 개 지명은 원래 '돌섬'이라는 의미를 갖고 있었고, 무인도들이 지적도에 등재되는 과정에서 석도石島, 독도獨島라는 지명으로 각각 등재된 것이라고 한다. 더하여 대동여지도에 고흥 발포 남쪽에 '옹甕(옹기를 뜻하는 '독' 옹 자)섬'이 기록되어 있는데 오늘날 고흥의 '독도獨島' 명칭으로 변화되었으며, 우리말 '독섬'의 한자 표기에서 온 것이라고 했다(이훈석, 앞의 자료집 96쪽 참조). 또 고흥에는 임란왜란부터 조선소가 있어서 조선술과 항해술이 뛰어난 고흥 사람들이 배 만들러 울릉도에 많이 갔으며, 거문도는 배를 부리는 사람들이 많았는데, 거문도 배에 탄 사람들은 제주인이 많았고, 거문도 답사 조사 결과 제주인들은 거문도를 거쳐서 울릉도에 많이 다녔다고 했다. 또 필자는 7월 23일 울릉도독도해양연구기지 김윤배 박사와 통화를 했는데, 울릉도에는 남해안 사람들이 많아 독도를 돌섬-독섬-독도로 다양하게 불렀는데, '독도'보다는 '독섬'을 많이 사용한다고 했다. 그러나 돌섬을 한자로 쓰면서 '독도獨島'를 쓴 것으로 알고 있다고 했다.

대한제국 반발이 거세지자

대한제국 정부의 반발이 거세지자
1906년 7월에 일본 통감부는
대한제국 내무대신에게 공식 서한을 보냈다

강원도 삼척군에 속하는
울릉도에 속해 있는 섬의 이름과
관청을 언제 설치했는지 물었다

이에 내무대신은 답하였다
"행정관청은 1898년 5월 20일에 설치되었고
1900년 10월 25일 군수를 임명했다."

대한제국은 당시
군의 관청을 태하동台霞洞에 두기로 결정했고
소속하는 섬은 죽도竹島와 석도石島로 했다

섬은 동서 60리
북남 40리

둘레가 200리라고 회답을 보냈다[*]

*《황성신문》1906년 7월 13일 내용 참조 재구성.

사라지는 독도 논의

대한제국 정부는 일본의 독도 편입에 반대했다
그러나 일본은 이미 많은 부분
대한제국을 관리하며 식민지화를 본격화했다

이미 1905년 11월 17일 「제2차 한일협약」인
을사늑약이 통과되었고
1906년 1월 17일에는 외부가 폐지되었다

1906년 2월 1일에는
남산 자락에 통감부가 설치되면서
대한제국은 외교권과 내정간섭을 받기 시작했다

외교권이 없으니 일본의 독도 침탈을
국제적으로 알릴 방법이 없었다
울도군은 강원도에서 경상남도로 이속되었다

울릉도 현지에서는
군수가 독도 문제를 상부에 보고는 하였지만
일본 세력이 위압하고 있어 소용없었다

도민들은 아무런 좋은 소식을 듣지 못한 채
실의에 차고
통분할 수밖에 없었다[*]

통감부를 통해
사실상 일본에 접수된 대한제국 정부는
더 이상 독도 문제 논의를 진행시킬 수 없었다

점점 주권을 빼앗겨 가는 대한제국 정부
갈수록 힘을 잃어 가면서
독도 문제에 대한 논의도 점점 사라져 갔다

[*] 외교부 독도 사이트 '홍재현 진술서'(1947) 참조.

심흥택, 횡성군수로 영전하다

1907년 1월 29일
그러니까 서양력으로 3월 13일
울도군수 심흥택은 횡성군수로 영전했다[*]

석도를 일본 영토에 일방적으로 편입
이를 알리러 온 일본 관리에게
아부하는 송별시를 읊은 대한제국 군수

그는 황제가 칙명으로 내리고 관보에 게재한
공식 행정 명칭인 석도를 버리고
공문서에 독도를 처음으로 사용했다

[*] 심흥택은 고종 39년(1902, 광무 6년) 12월 28일(양력 1월 26일)에 울도군
수로 임명돼 고종 44년(1907, 광무 11년) 1월 29일(양력 3월 13일)에 횡성
군수에 임명될 때까지 4년간 3대 울도군수로 근무했다.

구연수, 군수로 부임하다

1907년 7월에는 일본의 방해로
정부 대신들이
황제와 국정을 논의할 수 없다는 소문이 들렸다

일본은 고종이 헤이그에 특사를 보냈다며 협박
강제 퇴위시키고
아들 순종을 황제로 올렸다

심흥택이 횡성군수로 영전해서 가고
순종 원년인 1907년 7월 21일
구연수라는 자가 울도군수로 왔다

구연수는 지독한 친일파 송병준의 사위
1895년 을미사변 당시
훈련대 제2대대장 우범선의 부하였다

일본 낭인들을 궁궐로 안내했고
살해된 명성황후의 시체에 석유를 뿌려
불태우는 작업을 감독했던 개자식

황후를 죽이고 일본에 망명했다가
순종의 즉위로 특사가 단행되면서 귀국
조선인 가운데 경찰 최고 직급에 올랐던 자

그는 일진회 회원 300여 명을 동원
왕궁을 포위하고 시위를 벌여
고종을 퇴위시킨 공로로 경무사에 발탁된 자

항일의병전쟁을 전면화하다

계주가 울릉도를 떠나던 날인
1907년 8월 1일
일본이 대한제국 군대를 강제 해산시켰다

이에 분노한 군인들이 의병들과 합세하여
항일의병전쟁을 시작했다는 소문을
평해 노인이 사람을 보내 전해 주었다

한성 시위대侍衛隊 대대장 박승환이 권총 자결하자
숭례문과 서소문 앞에서 일본군과 총격전을 벌였고
원주에서는 군인들이 원주를 장악했다고 한다

강화에서는 군인들이 강화성을 장악했으나
일본군 공격을 받아 분산되었고
홍주와 진주에서도 전쟁 계획을 추진하고

강원도 충청도 경기도 일대에서
의병들이 일어나
유격전을 펼치고 있다고 했다

임진강 유역 포천과 연천과 장단에서
호남의 장성과 나주와 함평과 무주와 임실에서
의병이 일어났다는 소문이 들려왔고

경상도 안의와 거창에서
충청도 공주와 회덕과 연산과 진잠에서
황해도 평산과 서흥 일대에서 의병이 일어났고

평안도 덕천과 맹산 일대
함경도 삼수와 갑산과 경원에서
조선 팔도에서 일본과 전쟁을 시작했다고 한다

심흥택을 의병들이 체포하다

《대한매일신보》8월 11일자를 넘기는데
일본에 협력적인 횡성군수 심흥택을
의병 포군들이 잡아갔다고 하고

16일자에는 원주 포병들이 횡성으로 와서
군량과 무기를 내놓으라고 하자
심흥택이 거부해서 원주읍에 가두었다고 한다

9월 15일자에는 의병을 두려워하는 심 군수가
인장을 가지고 서울로 피신하자
관찰사가 고을을 비운 그의 면직을 내부에 보고했고

11월 28일자에는 관찰사가
귀화를 종용하는 글을 써서 심흥택을 보내
의병장 민긍호를 회유하게 했는데*

의병 하나가 이렇게 꾸짖었다고 한다
"대한제국이 광복을 맞는 날

네 놈의 무덤을 반드시 파헤칠 것이다."

* 박미현, 『한말 일제강점기 신문 기사 속의 횡성』, 횡성문화원, 2009, 6−63쪽 참조.

심능익, 군수로 부임하다

1907년 8월 심능익이라는 자가
경상남도관찰도 울도군수로 부임하고
1908년에는 관어학교를 설립 교장을 겸했다

교원은 조선인과 일본인 각 한 명
학생 수는 12~13명
교과목은 일본어와 산수와 한문

이놈은 한술 더 떠 조선어를 가르치지 않고
조선인을 무시하고
일거수일투족이 일본인 행세를 하는 자였다

일본에 아부한 심흥택도 마음에 안 들었지만
구연수에 이어 심능익 같은 개자식하고는[*]
도저히 같은 섬에서 같이 밥을 먹고 살수 없는 일

간편한 짐을 꾸려 배에 싣고
도동포구에서 돛을 올렸다
도민들이 포구에 나와 울먹이며 이별을 슬퍼했다

짐 꾸러미 속에는 그간 모은 일본 지도와 서책
섬기린초와 섬초롱과 섬백리향
그리고 어린 느티나무를 뿌리째 젖은 흙에 담았다

* 결국 구연수와 심능익은 후대에 『친일인명사전』(민족문제연구소, 2009)에 올랐다. 특히 심능익은 일본으로부터 한국병합기념장, 천황 즉위 기념 대례장을 받았으니 천하의 민족반역자라 할 수 있다.

대마도를 조선 땅에 환속시켜야

울릉도 도동포구에서 평해로 나오는데
망망대해 배 위에서 했던
평해 노인 말씀이 떠올랐다

노인은 대마도가
삼한 시절 마한 이래로 신라 고려 조선이 통치한
조선의 속도였다고 했다

참나무와 편백나무와 삼나무가 울창하다는 섬
웅본과 웅습과 웅본신사 등 이런 마한 풍습과
고조선 가림토 문자가 전한다고 했다

일본이 13세기에 만든 사서에도
"무릇 대마도는 신라국과 같다.
사람 모습과 토산물 그 모두가 신라의 것"이라 했다

대마도에는 왜인에 살지 않았으며
조선 도래인의 텃밭이자 일본이 그린 〈팔도총도〉에
조선 영토로 표기되어 있다고 했다*

다대포에서 물빛이 아름다운 대마도까지 120리
대마도에서 일본 박다항까지가 350리
거리상으로도 마땅히 대한제국의 섬

의병장 최익현이 끌려가 순절하고
의병장 임병찬이 감금되어 대마일기를 쓰고
의병장 유준근이 억류되었던 비극의 섬

노인은 대한제국이 고대로부터 물려받은
독도를 수호하고
대마도를 되찾는 것이 호국강령이라고 했다[**]

구산포가 가까워지자
많이 늙었을 평해 노인의 모습이 궁금해졌다
노인은 가끔 「울릉 독도가」를 읊었다

* 한국독도연구원, 「대마도 어떻게 찾을 것인가?」, 한국독도연구원 창립 10주년 기념 대마도 영유권 회복 학술회의 자료집(2012). 참조하여 재구성. 〈팔도총도〉는 임진왜란 때 일본이 그린 것, 조선이 그린 〈해동팔도봉화산악지도〉(1652), 〈여지도서〉(1765), 18세기 〈해동도〉, 19세기 〈해좌전도〉〈대동여지도〉〈경상도읍지〉(1822), 〈대한전도〉〈팔도전도〉 등에서 대마도가 조선 영토로 표기되어 있다.

** 《경향신문》(1948. 9. 10.) 참조. 2005년 확인된 미국무부 외교 문서에 의하면 1951년 4월 27일 이승만은 대마도에 관해 다음과 같이 요구했다. "한국은 일본이 대마도에 대한 모든 권리, 호칭, 청구를 분명히 포기하고 그것을 한국에 돌려줄 것을 요청한다(In view of this fact the Republic of Korea request that Japan specifically renounce all right, title and claim to the Island of Tsushima and return it to the Republic of Korea)."
https://blog.naver.com/iulkenny/221630714803 참조.

평해 노인의 울릉 독도가

강릉에 나갔다가
오대 풍악 보고 와서
바닷가 유람하며 월송정 거닐었다

진천 진주 영해 문경
피신 잠복 잠행하며
갑오년 뜻을 세운 친구가 생각나서

구산포 도착하여
울릉도 물었더니
촌로가 손을 들어 수평선 가리킨다

고개 들어 보니
파도와 흰 구름뿐
맑은 날 수평선에 봉우리가 걸린단다

대풍헌 올라가
수평선 바라보니
검푸른 봉우리가 드높이 솟아 있다

흰모래 길게 휘어
바위 벼랑 둘렀는데
여기서 울릉까지 거리가 얼마인가

순풍엔 하루 밤낮
역풍에 나흘 거리
풍선에 몸 싣고서 삼백 리 가라 한다

독도는 어디인가
한 번 더 물었더니
울릉도 도동포서 이백 리 가라 한다

두 섬은 서로서로
거리가 멀지 않아
구름을 주고받고 눈비를 주고받다

부모와 자식이듯
형과 아우이듯
구름 눈비 걷힌 날엔 반갑게 바라본다

제6부 다시 소야도

평해 노인께 들르다

울릉도 도동포구에서 평해로 나와
평해 노인께 들렀다
노인의 머리가 백설처럼 희고 등이 새우처럼 굽었다

울릉도와 아주 작별하고
귀향한다 하니
지팡이를 끌며 월송정을 같이 둘러보자 한다

"누대에 오른 나그네 갈 길을 잊고
잎이 진 나무로 덮인 단군의 폐허를 탄식한다
남자 이십칠 세에 무엇을 이루었는가
문득 가을바람 불어 감개에 젖는다"

노인은 작년 영덕에서 의병을 일으킨
평민 의병장 신돌석이 월송정에 와서 쓴
나라 잃은 설움을 달랜 시라고 했다

신돌석의 시를 들으니
일본인과 협잡 조선 민중을 등쳐 부자가 된
사상의소장인 김광호의 친일 시가 생각나고

일본 관리에게 아부하는 송별시를 쓴 심흥택과

구연수와 심능익 같은 매국노

망국의 비극과 같이 생성된 민족 배반자들이 떠올랐다

경부선 타고 와서 경인선으로

평해 노인댁에서 며칠을 머물다
부산 절영도로
절영도에서 초량으로

초량에서 뱃길을 버리고
경부선 철도 초량역 정거장에서 출발
경성역까지 기차로 올라왔다

다시 경성역에서 갈아탄 기차는
희뿌연 수증기를 내뿜더니
소리를 빽 지르며 우레 같은 쇠바퀴를 굴렸다

천지를 진동시키던 문명의 쇳덩이는
제물포역까지 한 시간 반 만에 도착
사람들을 부려 놓았다

경성에서 제물포까지
뱃길로 9시간
걸어서 12시간이 걸리던 80리 길이었다

미국 주재 대한제국 대리공사였던 이하영이
조선 땅에 철도를 놓자고
고종에게 주장하여 시작된 철도

계주가 울릉도감으로 있던
1887년 3월 22일 철로 공사를 시작
1899년 개통한 대한제국 최초 철도 경인선

처음엔 조선이 주도했으나
일본 자본에 넘어갔다가 미국 사업가에게로
다시 일본 자본으로 넘어가 준공된 철도

일본에 건너가 소송을 하느라
여러 도시를 기차로 다녀 본 계주는
기차가 그렇게 낯선 물건은 아니었다

계주는 경부선 기차 안에서 들었던
일본이 서대문 밖에 경성감옥을 짓고
의병 2천 명을 투옥했다는 말이 잊히지 않았다

제물포역

군대를 따라온
청 상인들이 제물포로 들어와
장사를 하고 무역을 시작한 중국인 거리

길거리에는 일본에서 온 장사꾼도 보이고
어쩌다 얼굴이 희고 코가 큰
눈이 파란 서양인이 보인다

1882년 군함을 끌고 온 일본과 조선이
이곳 함상에서 불평등조약을 맺고
1883년 포구를 연 제물포

조선이 포구를 열자
서양과 청과 일본이 이곳에 조계를 두었고
관청과 음식점들을 내었다

제물포 역사 문 앞에 나란히 서 있는
두 바퀴를 단 인력거 세 대와
지게를 뉘어 놓고 쉬고 있는 남자들

한 대는 짐을 싣고 신작로를 달려가고 있고
역 마당 큰길 건너에는
커다란 화물 창고가 보인다

일본 쌀 상인들이 일본에 가져가려고
쌀을 쌓아 놓은 곳
조선 팔도 쌀이 이곳에 모인다고 했다

중국인 거리 옆에 보이는 경사지에는
회칠 마감된 서양식 공원과 호텔과 교회
창틀 위에 장식이 아름다운 제물포구락부 건물

1901년 러시아 건축가가 설계한
제물포구락부 건물 안에는
당구장과 독서실과 테니스장도 있고

독일과 미국과 러시아와 구라파 여행자들
그리고 일본 신사들이 노는
사교장이 있다고 한다

제물포구

갯벌 건너 월미도 능선이 반갑다
옛날 비류 세력이 남하하여 도읍을 삼았다는
이름이 미추홀이었다는 바닷가 마을

제물포역에 내려 바다 쪽으로 삼백여 발짝
포구를 향해 내려가자
갯벌 위에 비스듬히 누워 있는 배들

질척거리는 포구에 정박한 어선들
바닷가 모서리를 따라
뿔뿔이 흩어져 있는 초가지붕들이 보인다

이곳 포구에는 옛날부터
중국에서 오는 배가 머물렀고
조운선이 정박했다 한강으로 진입했다고 한다

효종이 북벌 계획을 세우고
월미도에 행궁을 짓고
강화도 가는 수로를 열고 군대를 배치했던 곳

지금은 눈이 파란 서양인들이 드나들고
부산에서 배가 오고
개성도 가고 강화도와 영종도를 가는 곳이다

지난 1902년 정월에는
이역만리 밖 아메리카 하와이로 가는 이민선이
이곳에서 121명을 태우고 떠났다고 했다

바다에 운명을 건 제물포
물의 도시로 변해 가는 포구의 뱃머리에 앉아
하늘에 떠도는 구름을 올려다본다

고향은 수평선 너머 소야도
덕적도에 딸린
여기서 한나절은 가야 나오는 작은 섬마을

계주는 자신이 하늘 저편에 떠도는
구름 한 조각이라는 생각을 놓지 못하다가
신발을 털고 배에 올랐다

다시 서해

갯벌에 물이 들어오고
돛을 올리자 파도 위로 미끄러지는 풍선
가까이 또는 멀리 첩첩한 섬과 섬들

어촌의 낮은 초가집과 어민들
오른쪽으로 영종도와 삼육도와 용유도와 무의도
왼쪽으로 대부도와 영흥도가 가깝다

손바닥처럼 손금처럼
물길이 훤히 들여다보이는 여러 섬과
이름을 얻지 못한 더 작은 섬들

북으로는 강화도와 교동도와 백령도를 거쳐
남포와 의주까지
남으로는 외연도와 흑산도와 제주도까지

계주가 가 보지 않은 섬이 없는
대한제국의 푸르고 밝고 맑고 아름다운
서해의 섬들

얼마쯤 가니 뱃머리 앞으로 다가오는 자월도
검푸른 숲 앞에 펼쳐진 모래밭과
바위 벼랑을 햇빛이 가서 황금빛으로 만들었다

여름 태풍이 거칠게 지나간
푸른 바다
바람은 순하고 수면은 호수처럼 잔잔하다

흰 바위 벼랑 위
검푸른 소나무 군락을 이룬 작은 섬
이름도 예쁜 풀치도

햇살은 바다에 폭포처럼 쏟아져
파도 고랑 고랑마다 고였다가
반짝이며 부서진다

반짝이는 수평선 저쪽
옅은 해무에 가린 소이작도가 보이고
앞쪽으로 소야도 나룻개포구가 보인다

포구 건너에는

든든한 덕적도 운주봉과 그 아래

소야도와 마주 보는 도우나루에 붐비는 어선들

다시 소야도

소야도와 가까워지자
여전히 당당하게 서 있는 장군바위
해안으로 달려가 흰 포말로 부서지는 파도

바위 벼랑에 소나무를 얹은 섬들
햇볕이 희고 깨끗한 섬 기슭을
맑고 환하게 비추고 있다

포말이 모이는 바위섬과
작은 포구에 한가롭게 떠 있는
어선 몇 척

나룻개선착장에 내리니
질경이와 닭의장풀이 발에 밟히고
벌개미취와 취나물이 발목에 감긴다

꽃에서 꽃으로 옮겨 다니는 벌과
소복을 입은 듯 희고 몸집이 작은 나비와
화려한 호랑나비

발등에 오줌을 갈기고 뛰어가는 개구리와
풀숲으로 날아가는
방아깨비와 여치와 메뚜기 떼

둥굴레와 고사리와 으름덩굴을 헤치고
아버지와 어머니 묘지를 향해
산길을 오르는데

칡덩굴이 생강나무와 팽나무를 휘감아 오르고
밤나무와 개암나무가 자라고 있다
소나무와 굴참나무 사이로 보이는 떼뿌리해변

햇살을 머금고 밀려오는 파도가
누런 모래와 함께 치솟아
황금 포말로 흩어지고 있다

다시 한청에서

소야도에 도착
울릉도에서 짐 꾸러미 속에 가져온
섬기린초와 섬초롱과 섬백리향 뿌리를 흙에 묻고

느티나무를 집 주변에 나누어 심은 다음 해
일본의 조선 초대통감 이토라는 자가
안중근이 쏜 총에 통쾌하게 사살되었다

1910년 8월 대한제국 통치권을
일본에 양여하는 한일병합 소식을 듣고
절망감에 며칠 입에 밥알을 넣지 못했다

겨우 기력을 회복하고
덕적도에 건너가
강화 노인과 함께 종일 통곡하다 돌아왔다

노인이 건네준
조선의 상고 역사를 기록한 책들을 읽어 가면서
며칠 눈물을 쏟았다

몇 권은 강화도 단군 제사에서 만났던
평안도 선천에 사는
이기의 문하 젊은 선비에게 보냈다고 했다

작년 이기의 부고를 받고 호남에 내려가
조선의 기둥이 무너져 내리는 슬픔을 주체 못 해
오열했던 생각이 났다

상여가 부러지도록 붙잡고 울던 계씨 선비가
환국에서 대한제국까지
9천 년 민족사를 정리하고 있다고 했다

대한제국은 저물었지만
머지않아 광복을 이룰 것이라는
호남 천재 이기의 말이 귀를 떠나지 않았다

나라가 혼란한 것을 개탄
구례로 낙향한 매천 황현이 절명시 4편을 남기고
9월에 음독 자결했다는 소식을 들었다

선비를 양성한 지 5백 년이 되었지만
나라가 망하는 날 선비 한 명 스스로 죽는 자가 없어
비통하다는 마지막 문장을 남겼다고 한다

한일 강제병합 이후 일제는
대한, 황성 이런 단어를 못 쓰게 했다
《황성신문》《대한매일신보》를 받아 볼 수 없게 되었다

울릉도 소식

대한제국이 망하면서
일본의 울릉도 도벌과 독도 해산물 남획이
공공연한 일이 되었다는 소문이 들렸다

일본인 나가사키라는 자가
울도군 군수로 와서
도민을 다스린다는 소식을 듣고 억장이 무너졌다

민초들은 뼈가 부러지도록 일해도
여전히 보리와 감자와 옥수수로 주식을 하고
봄에는 풀뿌리와 나무껍질로 연명한다고 한다

망국을 틈타 저동과 태하동에 야소교회가 생겼고
울릉과 일본 사카이미나토 간 정기 운항선이 다니고
울릉과 부산 간 운항선이 다닌다고 한다

울릉과 포항 사이를 다니는 배가
점차 죽변 영해 영덕 포항까지 다니다
구산포 구룡포 감포 방어진 장생포까지 간다고 한다

울릉도에 일본인이 1,400명이나 된다 하고
이들은 벌목해서 번 돈으로
백성들에게 고리대금업을 한다고 했다

소야도와 덕적도에도 일본인들이 들어오면서
조선인들 살림살이가 어려워지고
부일 친일하는 조선인들이 늘어 가고 있는데

울릉도도 이와 다를 것이 없다는 생각에
입이 쓰고 역겨워
종일 물 한 모금 넘기지 못했다

독도 조업권을 얻어 강치잡이 하는
오키섬 나가이라는 자는
매년 수백, 수천 마리를 잡는다고 한다

1914년 일본이 울릉도를 자세히 측량
경상북도 울릉군에 편입하고
그다음 해에는 울릉도 임야를 조사했다고 한다

조선의 전 국토를 국유지와 민유지로 나누어
일본이 마음대로 운용한다는 소식을 듣고
분개하여 마시고 먹는 일을 며칠 쉬었다

일본인과 조선인을
주인과 노예처럼 구분해서 다룬다는 소식을
며칠 전 울릉도에서 온 뱃사람들이 전해 주었다

망국민 주제에 무엇을 바라랴
노예가 되는 것은 당연한 일이고
목숨을 부지하는 것만으로도 다행일 것이다

뜻있는 지식인과 배를 굶는 민초들이
연일 만주와 연해주로 이주하고 있다는 소식인데
무장투쟁을 목표로 무관학교를 설립했다고 한다

그동안 모은 가재를 털어
선천 선비에게 은밀히 보냈다
독립 자금은 만주와 연해주로 흘러간다고 한다

블라디보스토크 소식

일본 총독부의 이주 장려 정책으로
조선 연안에 일본인 어촌이 급증
일본 어선이 4천 척이나 된다고 한다

일본 어민에 치외법권을 인정
조선에서 불법행위를 해도
조선 정부가 어떻게 할 도리가 없게 되었다

소야도 작은 포구에서 작은 배로
조기와 민어와 새우와 꽃게를 잡아 올리는
가난한 조선 어부들을 보며 한나절 울었다

1916년 겨울 2만 3천 500리나 되는
블라디보스토크와 모스크바를 잇는
시베리아횡단철도가 완공되었다는 소식이다

러시아 민중들이 시베리아 철도를 따라
러시아 전역에 혁명을 준비하고 있다는 소식을
뱃사람들이 물고 왔다

조선에 혁명이 일어나지 않으면
분명히 러시아나 일본 지배를 당할 것이라던
눈이 파란 서양 여행자의 말이 떠올라 종일 아팠다

1917년 사회주의 혁명에 성공한 레닌이
민족 간 억압을 반대하고 식민지 해방을 위한
민족운동 지원을 선포했다니 반가운 일이다

느티나무 아래 사서를 묻다

1917년 겨울
갑자기 기운이 빠져나간 뒤 돌아오는 기색이 없어
수명이 다해 감을 몸으로 알았다

중추원 산하에 조선반도사편찬위원회를 만들어
부일 역적들을 고문에 앉히고
조선 역사서를 모두 거두어들이고 있다고 한다

거기에 학문을 하고
문장을 잘하는
조선 지식인들이 가담하고 있다니

힘없는 아녀자와 필부보다도 못한
만고의 역적들이야말로
조선의 관리와 학문과 문장을 하는 자들이다

지팡이에 몸뚱이를 의지하고 나가
느티나무 아래로 가서
강화 노인에게 받은 책들을 단지에 넣어 묻었다

이마에 피가 흐를 때까지
단지를 묻은 흙더미에 절을 하고 돌아와 누운 후
일어나지 못했다

1918년 2월 15일

산기슭 푸른 대숲과
건장한 해송과 적송과 반송이 검푸른
서해의 작은 섬 소야도 큰말 겨울

느티나무 가지에서 바다로 해가 졌는데
노을이 붉은 눈시울인 양
다음 날 아침까지 빛을 잃지 않았다

계주가 감은 눈을 더 이상 뜨지 않자
검푸른 소나무 숲과 느티나무 빈 가지가
사흘 밤낮을 우우 울었다

겨우내 내린 눈이 쌓인 소야도 골짜기
바다를 건너오는 겨울바람은 조선의 운명처럼
조선 민중의 가난처럼 매서웠다

해 설

동해의 재구성과 배계주에 관한 해석

권성훈(문학평론가, 경기대 교수)

1

역사는 해석학의 산물이며 언어적 구현물이다. 이 해석
은 시대가 길을 잃고 방황할 때 과거 속에서 혜안을 찾아내
기도 한다. 작가가 스스로 말하지 않는 과거의 입을 열어 지
금 필요한 것을 말하게 하는 것. 과거를 통해 현실을 들여다
보는 것이 역사다. 거기에 실재했던 인물에 관한 역사는 문
헌에서 사실을 지각하며 작가의 상상력에서 복원된다. 물
론 가상의 인물이 아닌 실존했던 과거로서 인물의 생애는
역사 속의 객관적이고 실증적인 자료에 의존하여 전기로 재
구성된다. 작가는 조각난 생애의 퍼즐을 맞추듯이 여기저
기 흩어져 있는 사건들을 수집하여 되살린다.

이같이 실존적 성격을 지닌 역사적 전기는 객관성을 추

구하며 인물의 세계관과 가치관을 충분히 보존하고 객관화
시키기 위해서 발생한다. 여기서 역사적 인물에 대한 구상
은 기억이 아니라 기록으로 현시되는 것으로 바탕이 되는
문헌의 의미들을 추적하여 재생된다. 이 지점에서 작가는
인물을 어떻게 표현하는가에 대한 방향성을 가지고 역사적
책무를 가진다.

전기 작가는 박제된 역사를 발굴하며 상상력으로 조명한
다. 박제된 역사는 사실에 기초하는데 이때 사실은 문헌으
로 남은 것이며 문헌을 통해 역사적 사실을 기록한다. 작가
에게 역사적 사실은 바로 문헌을 해석해 내는 것으로 역사
가와 다를 바 없다. 작가 의식이 곧 역사가 되며 비로소 역
사가 우리에게 그 모습을 보이는 것이다. 역사를 재구성하
는 작가는 인물에 대한 전기를 역사가보다 더 선명한 상상
력으로 해석한다.

"해석이 사실을 확정하는 데에서 필수적인 역할을 하지
만 현존하는 어떠한 해석도 완전히 객관적이지 않다. 그렇
지만 역사적 사실에 대해서는 원칙적으로 객관적인 해석을
내릴 수 없다고 말할 수는 없다".* 에드워드 카에 따르면 역
사가가 해석한 역사적 사실은 과거를 완전히 복원하는 것
은 아니지만 그 해석이 틀렸다고 단정할 수도 없다. 역사
에 대한 해석은 역사가조차도 온전히 정의할 수 없기 때문
에 여러 가지 상황들이 개입할 수밖에 없다. 작가는 역사가

* 에드워드 카, 김택현 역, 『역사란 무엇인가』, 1997. 46쪽.

가 해석하는 어떠한 사관의 옳고 그름의 문제를 넘어선다. 그것은 거짓과 사실이 아닌 그것에 대한 역사적 진실을 파고드는 데 있다.

이른바 작가의 역사에 대한 언어적 구성물은 진실에 도달하기 위한 방편으로 시대적 추론과 문학적 상상력이 해석미를 더하는 것이다. 말하자면 역사가의 역사는 현재의 문제점과 지향하는 것을 과거 사실 중 일부 사료를 통해 배열하고 서술하지만 작가의 역사는 현재 있어야 할 표본적인 것을 과거 인물에 대한 사료를 통해 재구성한다. 공통적으로 역사가의 역사와 작가의 역사는 우연이 아니라 사회의 요구에 의해 선택적으로 재생되는 인과관계에 의해 설명할 수 있다.

공광규 시인은 이번 시집에서 역사가와 전기 작가 사이에서 역사적 인물의 생애를 문헌을 통해 기록한다. 이를 통해 울릉도 초대 군수였던 배계주(1850~1918)라는 실재했던 인물에 관한 역사적 사실을 서사시로 복원시키고 있다. 서사시 『동해』라는 시집 제목이 보여 주듯 배계주가 살았던 철종, 고종, 순종 시대와 그의 주요 활동 무대였던 동해상을 중심으로 펼쳐진다. 공광규 시인은 배계주의 역사적 사실들과 상호작용하며 현재에서 과거를 오가는 끊임없는 대화를 통해 배계주를 해석해 낸다. 나아가 서사시 『동해』는 배계주의 일생을 다룬 평전 형식의 시편으로서 산문문학을 운문문학으로 교차시키고 있다는 점에서 새로운 장르의 도전이기도 하다.

2

배계주의 생애가 응집된 이 시집은 배계주의 출생과 사망에 이르기까지 전 생애를 관통하는 동안 동해를 중심으로 60여 년 동안의 역사적 사건을 기록한다. 배계주는 울릉도와 독도를 수호하면서 일본이 동해상에서 자행했던 절도, 침탈, 약탈 등 불법적인 것을 온몸을 던져서 막고 고발하며 심지어는 수목을 약탈한 한 일본인에 대하여 일본 본토를 오가면서 송사를 벌이는 등 '법정 동해 지킴이'라고 할 수 있다.

이 시에서 배계주라는 개인은 사회적으로 확대되고 있으며 부분에서 전체를 조망하게 해 준다. 배계주라는 한 인물을 통해 우리는 현실을 자각하게 되며 전체가 부분을 만들어 내는 것이 아니라 개인이라는 부분이 사회라는 전체를 지켜 왔다는 사실에 숙연해진다. 이것은 시집 목차와 같이 소야도에서 울릉도, 그리고 일본, 다시 울릉도와 독도 마침내 소야도에 이르기까지 방대한 시간 속에서 축약된 것으로 시적 언어로 전환된 것이다. 이 같은 해석이 가능한 것은 공광규 시인이 가지고 있는 역사의식이며 배계주에 관한 서사시는 바로 여기서부터 시작되는 것이다.

공광규는 배계주가 실존 인물이라는 사실을 강조하기 위해 시편 「1850년 2월 24일」과 「1918년 2월 15일」을 시집의 첫 장과 마지막 장에 편성했다. 시의 제목으로 쓰인 이 연도는 배계주의 생몰 연대로서 삶의 시작과 끝을 축약해서 보여 준다. "조선 25대 왕 철종 2년/ 산기슭 푸른 대숲과/ 건장한 해송과 적송과 반송이 검푸른 겨울// 서해 작은 섬 소야도 큰말/ 수평선에서 솟아오른 해가/ 아름드리 느티나무 가지 사이로 솟아올랐다// 이날 배씨 집안에 사내아이가 태어났다/ 아버지 이름은 현구/ 어머니는 강릉 김씨// 아이 이름을 계주라고 지었다/ 이곳 사람들은/ 아이가 태어난 초가삼간을 한청이라 불렀다// 한청은 한성 관청 관리가 낙향해서 사는 집/ 마을 회의를 하고/ 아이들을 모아 가르치는 곳// 마을 사람들은/ 어린 계주를 이렇게 불렀다 "한청댁 도련님!""(1850년 2월 24일). 배계주는 철종 2년 지금의 인천 옹진군 덕적면 소야도에서 낙향한 관리 출신 아버지 배현구와 어머니 김 씨 사이에 태어났다.

이 시편에서 등장하는 "푸른 대숲"과 "건장한 해송" 그리고 "적송과 반송" 그리고 "아름드리 느티나무"를 통해 이미 배계주의 전체적인 운명을 직감하게 한다. 또한 숙명적으로 파노라마와 같은 그의 삶을 상징적으로 예비하고 있다는 점에서 배계주 탄생 신화를 달리 현현한 것이다.

마지막 시편에는 "산기슭 푸른 대숲과/ 건장한 해송과 적송과 반송이 검푸른/ 서해의 작은 섬 소야도 큰말 겨울// 느티나무 가지에서 바다로 해가 졌는데/ 노을이 붉은 눈시울인 양/ 다음 날 아침까지 빛을 잃지 않았다// 계주가 감은 눈을 더 이상 뜨지 않자/ 검푸른 소나무 숲과 느티나무 빈 가지가/ 사흘 밤낮을 우우 울었다// 겨우내 내린 눈이 쌓인 소야도 골짜기/ 바다를 건너오는 겨울바람은 조선의 운

403

명처럼/ 조선 민중의 가난처럼 매서웠다"(1918년 2월 15일)고 마무리된다. 이 시편은 배계주의 일대기를 한 편 시로 승화시키는 데 이어서 죽음으로 삶을 완성시킨다. 그가 태어났던 소야도에서 생을 마감하는 배계주를, 그의 탄생을 축원했던 "푸른 대숲"과 "건장한 해송" 그리고 "적송과 반송", 아름드리 "느티나무" 들이 다시 등장하며 환송하고 있다.

이러한 배계주의 탄생을 있게 한 가계도를 「아버지 배현구」에서 구체적으로 살필 수 있다. "돈녕부 소속 관원이었던 현구는/ 소야도에 들어오기 전/ 돈녕부와 가까운 한성 중부 정선방에 살았다// 임금의 친척과 외척을 예우하기 위해 설치한/ 돈녕부는/ 왕실에서 흘러나오는 정보가 많은 곳// 당연히 주변에 사람이 많이 꾀었고/ 그러다 보니 역모에 엮이는 경우가 많아/ 두려운 일상을 사는 관리였다// 결국 현구는 세상을 버리기로 하고/ 형제들 일가를 모아/ 서해의 먼 섬 소야도에 몸을 숨겼"다고 적고 있다. 이것이 배계주의 아버지 배현구가 소야도에서 살게 된 원인이며 어쩌면 배계주는 그에 따른 결과일지도 모른다.

이 시집에서 주목할 만한 것은 배계주의 일생을 사실에 근거해서 매 편마다 하나의 사건으로 응시하고 있지만 그것이 한정적인 것이 아니라 통사적으로 되어 있다는 점이다. 물론 개별 시편은 그것이 가진 의미를 발산하고 있는데 전체적인 것에 있는 부분에 불과하다는 사실이다. 이러한 시편들이 시대와 유기적으로 연결되면서 배계주라는 한 인물에 대한 전체 해석이 가능한 것은 역사를 둘러싼 모든 가능성을 인과성 속에서 열어 두고 있기 때문이다.

공광규는 이러한 점에서 이 사서시의 집필 의도를 분명히 밝히고 있다. "왕실을 정점으로 한 기득권층, 즉 정치권력과 관료와 지식인이 부패하여 백성이 재산을 강탈당하면 백성은 국가를 불신하고 위정자를 외면한다. 불안이 폭발하여 민란을 일으키고, 민란을 진압하려고 왕실과 기득권자들이 외세를 끌어들이면서 망국의 수렁에 빠지게 된다. 이런 역사적 경험과 보편적 진실로부터 배워서 다시는 망국의 비극을 맞지 않길 바라는" 데 있다는 것이다.

3

공광규는 이 시집에서 동해를 지키면서 민중의 삶과 함께했지만 변방에서처럼 역사의 뒤안길로 지워진 배계주를 역사의 기억 속에서 부활시킨다. 오랫동안 "남인 정권에서 소론 정권으로 바꿔"(「영의정 남구만」)는 등 당파 싸움으로 갈등을 빚다가 나라가 통째로 일본에 빼앗긴 망국의 조선과 일제강점기라는 대립적인 길항과 불안한 사회 속에서 울릉도를 지키고자 했던 배계주의 전기로서. 그것도 시인 정신으로 절제된 상상력으로 부과된 시대 의식을 통해 역사적 사실로 배계주를 현실에 등재하는 것이다.

이를 위해 공광규는 배계주가 살았던 당대의 여러 가지 사건들을 수집하고 그것이 동해에 미친 영향까지 고려하면서 기록하고 있다. 그것은 현재의 눈을 통해 과거를 성찰하며 배계주에 대한 해석을 현대의 역사로 조명되기 위한 공광규의 세계관이 내재되어 있기 때문이다. 이 가운데 공광규는 한성이라는 중앙부에서 최대한 떨어진 주변부 동해가 하나로 연결된 땅이며 그것은 의식 있는 한민족들이 지켜 낸 시공간임을 밝히고 있다. 따라서 "임진왜란을 승리로 이끄는 데 역할한 사람들이/ 사실은 물길을 잘 아는/ 이곳 포작꾼"(「연안에 보재깃배들이」)인 것처럼, 이 땅의 주체는 통치자의 고유한 권원에 있는 것이 아니라 그것을 지각하는 모든 백성에게 있는 것으로 배계주와 함께한 민중 의식이 관찰된다.

과거가 없는 역사는 미래가 없고 미래가 없는 현재는 과거가 없다. 그것은 과거가 이미 폐기되었기 때문이다. 이에 과거를 지배하는 역사는 미래를 지배하고, 현재를 지배하는 역사는 과거를 지배한다고 할 수 있다. 우리의 과거는 지배당하지 않기 위한 끊임없는 노력과 갱신이 필요했으며 그것은 결국 영토 분쟁으로 나타난다. 다음에서 보여 주는 시 의식은 동해로 연결된 울릉도와 독도를 중심으로 우리의 땅을 지키려고 했던 역사적 주체들을 불러온다. 이 역사적 주체는 배계주와 함께 활약했던 역사적 사실로서 과거에 존재하면서 미래를 밝혀 주고 있으며 현재를 있게 한 장본인들이다.

일본의 조선 외교를 담당하던 쓰시마 번이

에도 막부의 명령을 왜곡하고 있다는 것을 안 남구만
다른 외교 노선 구축을 구상했다

울릉도와 오키도가 있는 톳도리 번을 통해
에도 막부와 외교 노선을 이어 보려 했다
남구만은 통정대부 안용복을 불러 밀지를 내렸다

안용복은 순천부 흥국사 주지 뇌헌을 찾아가
쓰시마 번의 비리와
남구만의 구상을 전했다

금오승장 뇌헌이 말했다
"호국이 곧 불법이고 불법이 곧 호국입니다.
마땅히 우리 의승 수군이 할 일입니다."

국가와 절이 둘이 아니며
몽고군과 왜적이 와서 불태웠지만
그때마다 의승을 조직해 전투에 참가한 흥국사

…(중략)…

숙종 23년 1월

대마도에서 왜국 사신이

막부 관백의 명을 가지고 찾아왔다

왜국 사신은 이렇게 말했다

"죽도를 조선의 영토로 인정하고

일본인의 출입을 금지하였습니다."

　　　　　—「승려 뇌헌과 일본에 건너간 안용복」부분

이 시는 남구만과 안용복 그리고 뇌헌 스님의 노력으로 일본 태수에게 "두 섬은 이미 조선에 속했고/ 다시 침범하는 자가 있거나/ 대마도주가 함부로 침범할 경우 엄벌에 처하겠다"라는 외교 문서를 받아 온다는 내용이다. 뇌헌 스님과 안용복은 일본에 건너가 울릉도 영토권 확인 소송을 하게 되는 중요한 인물들이다. 물론 여기에는 당시 세 차례 영의정을 지낸 남구만의 역할이 컸다.

애국적 관리였던 남구만은 "나라의 땅은 하늘이 정해 준 것입니다./ 대대로 전해 온 땅을 왜놈에게 줄 수는 없습니다"(「영의정 남구만」)라고 주장하였고, "장한상을 삼척첨사로 추천/ 울릉도에 파견해 사정을 살펴보게 했다"(「삼척첨사 장한상」).

수군 출신으로 부산 해역을 수비하는 동래비장인 안용복은 울릉도에 일본 어선이 출현하여 불법 어로를 한다는 소식을 듣고 체포하러 갔다가 일본에 잡혀가기도 했으며, 막부로부터 울릉도가 조선의 영토임을 확인하는 서계書契를 받아 내기도 했다. 이러한 안용복은 "이곳은 조선의 해역이다. / 너희 마음대로 조업을 해서는 안 된다. / 체포하여 압송하겠다"(「동래비장 안용복」)고 말하거나, "일본인의 울릉도 왕래를 금지하겠다는 / 지난 약속을 지키지 않은 것을 / 호키주 태수 앞에 조선 〈팔도지리서〉를 펴 놓고 따졌다"(「승려 뇌헌과 일본에 건너간 안용복」). 이러한 묘사는, 해역을 수비하는 무신으로서 목숨을 바쳐 울릉도와 독도를 수호하려고 하는 안용복의 역사적 결의를 형상화한다.

흥국사에 적을 둔 주지 뇌헌 스님 역시 승담, 연습, 영률, 단책 스님들과 함께 동해를 지키는 데 참여했던 대표적인 스님이다. 안용복이 "흥국사 주지 뇌헌을 찾아가/ 쓰시마 번의 비리와/ 남구만의 구상을 전했다"(「승려 뇌헌과 일본에 건너간 안용복」)고 전해진다. 이때 "뇌헌이 말했다/ "호국이 곧 불법이고 불법이 곧 호국입니다. / 마땅히 우리 의승 수군이 할 일입니다"". 이것은 호국으로서의 불교가 불법으로 활성화되어야 한다는 불교계에 대한 뇌헌 스님의 시대 의식으로 볼 수 있다.

4

그의 시편에서 서사를 작동시키는 것은 가공된 소재와 인물이다. 이것은 상상력의 힘이며 문학을 문학으로 있게 하는 결정적인 요인이자 실체적인 작용이라고 할 수 있다. 시인의 상상력은 문헌이라는 한정된 기록 속에 있는 끊어진 기억과 기억을 언어로 꿰고 서사로 복귀시킨다. 말하자면 문헌의 여백을 상상력으로 채우며 그것은 다시 새로운 역사로 구현되는 것이다.

「소야도」에서 "어린 계주가 가장 좋아했던 곳은/ 턱골 장군섬에 있는/ 장사바위// 마을 사람들은/ 갑옷을 입고 서 있는 우람한 바위가/ 소야도를 지키는 장사바위라고 믿었다". 이때 "장사바위"는 소야도를 지키고 수호하는 하나의 상징이면서 그것은 배계주와 동일시된다. 이는 "마을에서 태어나자마자/ 힘이 센 아이가 부정을 타/ 돌로 변했다는 전설이 내려오는 장사바위"로 전해지는 설화이면서 배계주와 교차될 때 "나라가 위태로울 때 사람으로 변해/ 나라를 구할 바위" 즉 배계주를 상상케 한다. 이 바위는 배계주가 고향으로 돌아가는 장면인 「다시 소야도」에서 "여전히 당당하게 서 있는 장군바위"로 나타나면서 그것은 배계주의 탄생석으로 상징성을 확보하게 된다.

이 시집의 특징 중 하나가 강화 노인과 평해 노인의 출현이다. 강화 노인과 평해 노인은 가상의 인물이지만 배계주의 한 생애를 연결하고 결정하는 중요한 단서로 작용한다. 이를테면 과거 속에 박제된 사건들을 시대적 인과관계 속에서 공적인 것으로 환원시키는 데 필요조건이 된다.

계주는 어느 날 덕적도에 건너갔다가

북리항에서 한 노인을 만났다
고향이 강화라고 했다

1866년 병인양요를 겪고
아버지 현구의 도움으로 덕적도에 들어왔는데
서당을 열고 사서를 읽는다고 했다

천주교 탄압을 빌미로
신부를 앞세운 프랑스군이 관아에 불을 지르고
외규장각과 민가 서고에서 책을 빼앗아 가면서

길바닥에서 태우거나
구덩이에 버린 책을 뒤져
조선의 역사서 여러 권을 가지고 왔는데

왕실의 책을 읽은 죄가 크고 두려워
어디다 감추지도 못하고
가마니에 넣어 배에 싣고 덕적도로 왔다고 했다

　　　　　　　　　　　　　　　—「강화 노인」부분

배계주가 만난 강화 노인이 지켜 낸 것은 바로 "『고조
선비기』와 『삼성비기』와 『표훈천사』/『대변경』과 『동천록』과

『지공기』와 『삼한습유기』,"'『지화록』과 『신선전』"(『강화 노인』)
과 같은 책이다. 이 책들은 우리의 역사이며 망국에서 누군
가 목숨을 걸고 지켜야 민족의 미래가 보장되는 것이라고
말한다. 강화 노인은 "민족은 흩어졌다 모이고 나라는 흥망
을 거듭한다네. / 역사를 잘 보전하면 다시 살아날 수 있다
네"라고 말한다. 이럴 때 공광규는 사료를 통해 과거 배계
주가 남긴 역사적 사실에 대한 의미를 부여하는데 문학적
상상력을 통해 배계주의 삶에 응전한다. 그것도 배계주가
"노인이 건네준/ 조선의 상고 역사를 기록한 책들을 읽어 가
면서"(『다시 한청에서』) 동해를 지켜야 한다는 역사의식을 무의
식적으로 키울 수 있었던 것으로 이어진다.

> 함경도 남쪽 옥저국 사람들이
>
> 배를 타고 물고기 잡으러 갔다가 표류하여
>
> 며칠 만에 울릉도에 닿았다고 했다

> 태양이 작열하는
>
> 매년 7월
>
> 태양을 섬기는 제를 지냈는데

> 맑고 바람 부는 날
>
> 울릉도 산등성이에서 멀리 보이는
>
> 돌섬을 아울러 우산국을 세웠고

무력은 신라와 대적할 만했으나

생명을 죽이지 않는 불법을 알면서

사람을 제물로 바치는 제사를 그쳤다고 했다

―「울릉도를 향하여」 부분

평해 노인에서는 울릉도와 독도에 대한 역사와 지명의 유래를 고대로 소급해서 언급하고 있다. 평해 노인은 "이렇게 순한 바람 불고 맑은 날/ 울릉도에서 동쪽으로 독섬이 보인다", "울릉도에서 꼭 배를 만들어 가"라, "이곳은 삼나무와 참나무/ 대나무가 많아 배를 만들기에 좋다"거나 "독섬에 나무가 없지만/ 미역과 전복이 많이"(「울릉도에 도착」) 난다는 선험적 지혜를 전달한다. 게다가 "대마도가/ 삼한 시절 마한 이래로 신라 고려 조선이 통치한/ 조선의 속도였다"(「대마도를 조선 땅에 환속시켜야」)는 평해 노인의 말을 빌려 반증적으로 지리적 역사의식을 확장시키고 있다.

역사란 역사가에 의해 파악된 과거라고 한다면 공광규 시인이 말하는 문학에서 역사는 사실이 끝난 곳에서 시작되는 현재다. 이것을 밝히기 위해 공광규는 과거의 사실을 있는 그대로 기술하는 것이 아니라 그것을 진실에 가깝게 파악하고자 한다. 공광규는 배계주를 둘러싼 박제된 기억을 통해 현실이라는 진실에 도달하는 해석이 바로 이번 시집이다. 이로써 공광규 시인은 "영의정 남구만"의 입을 빌려 강조한다.

울릉도와 죽도는

한 개 섬에 붙여진 두 이름이다.

울릉도는 마땅히 조선의 영토다.

—「영의정 남구만」부분

　이는 과거 울릉도와 독도에 대한 역사의식이 아니라 오늘
날 우리가 확립해야 할 역사인식이다. 과거 일본은 울릉도
와 독도를 송도와 죽도라고 하여 독도를 울릉도의 부속 섬
으로 인식했다. 울릉도는 소나무가 울창하게 자라지만 독
도는 대나무가 자랄 수 없는 지형이다. 이것은 실체성의 문
제가 아니라 울릉도와 독도를 송도와 죽도라고 지칭하며 동
일한 선상에서 이해했다. 이처럼 일본이 독도를 울릉도에
달려 있는 부속 섬으로 여겨 왔다는 사실은 여러 문헌에서
도 나타난다.

　그렇지만 지금 일본이 울릉도에서 독도를 분리시키는 작
업을 진행하고 있다는 점에서 공광규의 서사시『동해』는 시
대적인 의미를 역설하며 되새긴다. 과거를 통해 현실을 해
석해야 한다는 역사적 사실에서—배계주 후손으로서—우
리 모두 배계주가 되어 동해를 수호해야 할 사명을 가지게
한다. 공광규 시인의 지난 시집 서사시『금강산』에 이어서
두 번째로 동해에 주목한 이번 서사 시편은, 미래의 동해를
지배하기 위해서는, 과거 동해를 지배해 온 역사를 통해 오
늘날 동해를 지배하는 역사적 주체가 되어야 한다는 사실을
일깨워 주고 있다.

참고자료

고흥군, 우리문화가꾸기회, 「독섬, 석도, 독도—고흥의 증언 학술 심포지엄」(2017. 8. 22. 국회도서관 지하 1층 강당).

국립중앙과학원, 『생태계의 보고 독도·울릉도—2012년 국가생물다양성기관연합 독도·울릉도 공동조사』, 국립중앙과학관, 2012.

권오엽, 『문헌상의 독도』, 박문사, 2020.

김병구 외, 『내가 사랑한 안용복』, 대구한의대학교 안용복연구소·안용복장군기념사업회, 2007.

김영수, 「'울도군 절목'의 발굴과 그 의미」, 동북아역사재단 영토해양연구, 2011.

문화재청 경상북도, 『2009 독도 천연보호구역 모니터링사업』, 경북대학교 울릉도 독도연구소, 2009.

박미현, 『한말·일제강점기 신문기사 속의 횡성』, 횡성문화원, 2009.

우리문화가꾸기회 편찬, 『일본고지도선집 Ⅱ』, 세가, 2016.

여운건·오재성, 『과학으로 밝혀진 우리 고대사—동북아시아 일만 년 역사』, 한국우리민족연구회, 2004.

오쿠하라 헤키운 저, 권오엽 역주, 『죽도 및 울릉도』, 한국학술정보, 2011.

우용정 저, 유미림 역, 「울도기」.

울릉군, 『울릉군지』, 2007.

유미림, 「1900년 칙령 제41호 제정 전후 울릉도 '수출세'의 성격」,

동북아역사재단 영토해양연구, 2014.

유미림, 「대한제국기 관세제도와 '울도군 절목'의 세금, 그리고 독도 실효지배」, 동북아역사재단 영토해양연구, 2017.

유미림, 『도지: 울릉도사』, 한아문화연구소, 2016. 12.

유미림, 「수세收稅 관행과 독도에 대한 실효지배」, 동북아역사재단 영토해양연구, 2012.

유미림, 「일제강점기 언론에 보도된 울릉도 사회」, 2016.(www.kmi.re.kr)

이상태, 「울도군 초대 군수 배계주에 관한 연구」, 동북아역사재단 영토해양연구, 2016.

이동순, 『노래 따라 동해 기행』, 걷는사람, 2020.

이승만 저, 김충남 역해, 『구한말 동북아 정세와 대한제국의 최후』, 일곡문화재단, 2010.

친일인명사전편찬위원회 편, 『친일인명사전』, 민족문제연구소, 2009.

한국독도연구원, 「대마도 어떻게 찾을 것인가?」, (사)한국독도연구원 창립 10주년 기념 대마도 영유권 회복 학술회의 자료집, 2012.

한중일 3국 공동역사편찬위원회, 『미래를 여는 역사』, 한겨레신문사, 2005.